ちくま文庫

おまじない

西加奈子

JN089947

筑摩書房

おまじない

おまじない目次

燃やす 7
いちご 35
孫係 61
あねご 89

オーロラ　117
マタニティ　141
ドブロブニク　169
ドラゴン・スープレックス　197
対談　どんなときでも、寄り添ってくれる言葉
長濱ねる×西 加奈子　231

イラストレーション
著者

ブックデザイン
鈴木成一デザイン室

燃やす

6

ずっと、ずぼんを穿いていた。

裾にフリルがついたものやリボン模様のもの、いかにも女の子用の可愛らしいずぼんは嫌だった。私が穿きたかったのは、そして本当に穿いていたのは、年の離れたふたりのお兄ちゃんのお下がりだった。上のお兄ちゃんの擦り切れた黒いジーンズの半ずぼん（パンクスぽかった）と、下のお兄ちゃんの横に白いラインが二本入っていたジャージ（これはラッパーぽかった）が、特にお気に入りだった。

お母さんは、そんな私を見て笑っていたけれど、一緒に暮らしているおばあちゃんは「嫌な顔」をした（「きらい」と「がっかり」が絶妙な具合で混ざった顔だ、まるで知らない人から急に使い古しのタッパーをプレゼントされたみたいな）。

「けいちゃんは女の子なんだから、もっと女の子らしくしなさいな。」

おばあちゃんが私にそう言うのは、私とふたりきりのときだけだった。リビングの隣にある、おばあちゃんの和室で。いつも、桃を割ったような甘いにおいがして、日当たりも素晴らしかったけれど、おばあちゃんはこの和室を嫌っていた。

「年寄りだからって、畳が好きだと思わないでほしいわね。」

おばあちゃんはいつも、うんとお洒落していた。胸にレースが綺麗に施された藤色のワンピースや、ぴたりとした夕焼け色のタイトスカートを穿いて、爪を綺麗に塗り、家の中なのに大きなイヤリングをつけていた。どんなに寒くてもずぼんを穿かなかったし、私が穿くような男の子用なんて、なおさらだった。

お母さんは、おばあちゃんとは全然違っていた。いつも大きめのジーンズを穿いて、乱暴にベルトで締めていた。髪の毛を短く切って、おばあちゃんのように爪を整えるどころか、覚えている限り口紅も塗らなかった。煙草を吸いながらコーヒーをすすって、笑うときには奥歯が全部見えるまで口を開けた。お母さんは「はすっぱ」であることを、ほとんど使命にしているみたいに見えた。

私が男の子の恰好をしたがることを、お母さんはすごく喜んだし、上のお兄ちゃんふたりが少しでも「マッチョなこと」（お母さんはそういう言い方をした）をすると嫌な顔をした。それは、おばあちゃんが私に見せる「嫌な顔」と、そっくり似ていた。急にタッパーをプレゼントされたみたいな、あの顔だ。

「これからは男の子も女の子も関係ないよ。男の子らしくとか、女の子らしくとか、馬鹿らしいじゃん、ねえ！」

おばあちゃんとお母さんは、あまりに正反対だった。毎晩一緒にごはんを食べたけれど、ふたりが目を合わせて話すことはほとんどなかった。お父さんはいなかった。私がまだハイハイをしていた頃に、家を出て行ったのだ。お母さんが写真を全部きれいに捨ててしまったから、私はお父さんの顔を知らなかったし、お母さんにもおばあちゃんにも、「どんな人だった？」とは聞かなかった。

「せめて髪の毛だけは伸ばして。」

おばあちゃんにそう頼まれたから、私の髪の毛は長いままだった。それは私の唯一の「女の子らしさ」だった。おそらくお母さんも、しぶしぶ認めたのだろう。私の髪の毛が、お母さんとおばあちゃんの休戦地帯だったわけだ。

私は肩甲骨まであるその髪を、いつも乱暴にしばっていた。わざとぐちゃぐちゃにしたりもした。お風呂に入った私の髪の毛から死んだ虫が落ちてきたとき、お母さんは手を叩いて笑った。

一緒に遊ぶのは、いつも男の子だった。その中でも私はガキ大将だった。ひとりでも私より優位を示してくると、絶対に許さなかった。私は背が高くて、手足も長かった。バスケットボールを一番遠くまで投げることが出来るのも私だったし、一番高い木に登ることが出来るのも私だった。蝶々を残酷なやり方で殺すこと（羽を砂に埋めて、シーソーで潰すのだ）を始めたのも私だったし、頭のおかしいおじさんを一番辛辣な言葉で罵ることが出来るのも私だった（鳥肌が立つほど気持ちよかった言葉は「クソマック！」だ。自分でもどういう意味か分からなかったけれど）。

男の子たちは私について歩き、私の命令を待った。時々私の女の子らしい長い髪の毛を引っ張る子がいれば、周りの子が泣き出すまでその子を殴った。お母さんはそんな私を見て、やっぱり大声で笑った。

小学校五年生になったとき、おばあちゃんが入院した。

初めは検査入院だった。お腹がなんだかしくしくするの、そう私に言ったときからおばあちゃんは痩せていたけれど、本格的な入院が決まってからは、野菜がしなびてゆくみたいに、みるみる細くなった。

お母さんと私は、毎日病院に通った。時々どちらかのお兄ちゃんがついてきたけれど、あまり長くはいなかった。上のお兄ちゃんはラグビーに、下のお兄ちゃんは野球に夢中になっていたから。お母さんはもちろん、ふたりのお兄ちゃんのことを、「嫌な顔」で見た。

おばあちゃんは病室でも口紅を塗っていた。枕元のポーチにはたくさんお化粧品が入っていたし、病室なのにあの甘いにおいがした。耳たぶが痩せてイヤリングが落ちてしまうので、ピアスを開けたいと言っていたけれど、お母さんは聞かなかった。おばあちゃんは落ちてしまったイヤリングをペンダントトップにして、首にかけるようになった。

おばあちゃんが入院したのと同じ頃から、私の胸が急にふくらみ始めた。本当に、急にだ。胸が痛くて仕方なかったし、他の女の子の胸がまだ平らで、私とは全然ちがうことが恥ずかしかった。胸が丸くなるのと同じように、体全体も丸くなった。半ずぼんを穿くと太ももがなんだか生々しくなって、男の子用のTシャツを着ると二の腕にぴたりと貼りついた。

その頃から私は、「可愛い」と言われるようになった。初めは近所のおばさんたちだった。

「けいちゃん、可愛くなったわねぇ！」

それが「子供らしさ」をあらわす言葉ではないということに、しばらくしてから気づいた。気づいた頃には、クラスメイトの私への態度が、少しずつ変わり始めていた。女の子たちは私の髪に触らせてと言って集まり、頼んでいないのにピンクや紫のラメ入りブラシで髪を梳いてくれた。男の子たちとは、無暗に目が合うようになった。そして目が合った男の子たちは、恥ずかしそうに視線を逸らした。昔ひどく殴った男の子ですら、そうだった。

「スカート穿こうかな。」

ある日そう言った私を、お母さんはじっと見た。身構えたけれど、お母さんはあの「嫌な顔」をしなかった。

「おばあちゃんに見せてあげたいんだね？」

スカートは紺色のシンプルなものにした。やっぱりいかにも「女の子用」を着ることは恥ずかしかったから。

それでも、病院で対面したおばあちゃんは、ものすごく喜んだ。おばあちゃんは小枝みたいな腕で私を抱きしめ（驚くほど弱々しかった）、疲れて眠ってしまうまで私の髪を梳いた。私の髪の毛は、毎日梳かれるから飴色に輝き、おばあちゃんの甘いにおいをさせるようになった。クラスの女の子たちは、ますます私の髪の毛に夢中になった。

シンプルなものでも、一度スカートを穿くと、男の子用のTシャツは似合わなくなった。スカートに合わせたブラウスを着ると胸が透けるから、スポーツブラをつけた。ブラジャーの線を見られるのが恥ずかしかったから髪の毛はしばらずに、そのまま下ろした。

私はどこからどう見ても「女の子」になった。

おばあちゃんは病室でよく笑うようになった（「嫌な顔」なんて、今までしたことなど一度もなかったみたいに）。体は痩せ続けていたし、お医者さまと話すお母さんの目の下は、日に日にどんよりと黒くなっていったけれど、私を見るおばあちゃんの嬉しそうな顔は、私を誇らしくさせた。

「可愛いわねぇ！」

おばあちゃんは時々、私とお母さんの名前を間違うようになった。

「まきちゃんは、本当に可愛い！」

その年の運動会で、私は徒競走で初めて一位になれなかった。


「可愛いね。」

その人は、出会い頭にそう言った。私は学校から帰る途中だった。

いつもと違う団地沿いの道を、ひとりで歩いていたのはどうしてだったのだろう。

「二位だったよね、かけっこ。」

その人は徒競走をかけっこと言った。子供っぽい言い方だった。でも、子供は私の方で、その人はきっとうんと大人だった。逆光で顔がよく見えなかったけれど、背が高くて頭が禿げていて、髭がぼうぼう生えていた。頭をくるりと回転させても成立するような顔だった。

「可愛いね。」

その日帰った私のスカートを見たお母さんは、すぐに警察に連絡した。

私は裸にされ、全身をくまなく調べられ、ごぼうみたいにゴシゴシ洗われた。私のスカートには、男のアレ（お母さんはそういう言い方をした）が、何かの徴《しるし》みたいにべっとりついていたのだった。

お母さんは、私を乱暴に洗いながら、時々こう叫んだ。

「ほらね！」

私はお母さんにされるまま、じっと静かにしていた。痛いからゴシゴシこすらないで、とは言えなかった。私の肌は、数日の間ずっとひりひりしていた。

学校で全校集会が開かれた。お母さんは私に起こったことを黙っておけるような人ではなかった。先生は「この学校の生徒が」という言い方をしたけれど、いつの間にか私の話はみんなに伝わっていた。運動会に気味の悪い男がいたことや、団地のそばで頭のおかしなおじさんがうろついていること、そんなことを大声で話しながら、みんな私を慰めた。

「可哀想に！」

男は捕まらなかった。

私はまた、ずぼんを穿くようになった。お母さんにそう言われたから。

「男をおかしな気持ちにさせちゃだめ。」

あのスカートは捨てた。捨てたというより、燃やされた。お母さんが庭で、ごみと一緒に燃やしたのだ。

もうお兄ちゃんのお下がりのずぼんは入らなかった。パンクス風ジーンズも、ラッパー風ジャージも、お母さんが燃やした。上のお兄ちゃんはラグビーに集中するために、家を出て寮暮らしを始めていたし、下のお兄ちゃんは野球をやめていたけれど、髪の毛を金色に染めて、ほとんど家に帰ってこなかった。お母さんはふたりが置いていったあらゆるものを燃やし始めた。

「置いていったってことは、いらないものってことだよ！」

お母さんは「燃やす」という行為に夢中になった。いらないものを残らず灰にすることに、すっかりとりつかれてしまった。

毎日学校から帰ると、庭から煙が上がっているのが見えた。それはお母さんが怒っている証拠だった。あの日から、お母さんはずっと怒っていた。ずっとずっと怒っていた。私に起こったことにだろうし、男が捕まらなかったことにだろうし、でもそれだけではなく、とにかくあらゆることに、お母さんは怒っているように見えた。

ある日庭を見ると、お母さんはまだ生きているおばあちゃんの服すら、燃やしていた。家の中はどんどん綺麗になった。

私のクローゼットには、新しいずぼんが並んでいた。太いデニム、カーキのカーゴパンツ。おばあちゃんは私に起こったことを知らなかった。その頃には、病室に行っても、おばあちゃんは私が誰だかほとんど分からなくなっていたから。

裏のおじさんのことを見るようになったのは、彼が燃やし続けていたからだ。授業中、窓の外に立ち上る煙を見てどきっとしたのは、教室できっと私だけだった。煙の出どころを辿ると用務員のおじさんがいて、焼却炉で何かを燃やしていた。

おじさんの名前は、誰も知らなかった。生徒たちから「裏のおじさん」と呼ばれていたけれど、おじさんはほとんどおじいさんに見えた。

裏のおじさんは、大体中庭にいた（中庭なのに、どうして裏と言われるのだろう）。花壇の手入れをしたり、うさぎの世話をする人のはずだったけれど、いつも大抵焼却炉にいた。プリントや使えなくなった木の椅子。数年放置されていた忘れ物の服や落ち葉。枯れ、腐ってしまったヘチマのツル。おじさんはなんでも燃やした。どうして私が今までその煙に気づかなかったのか不思議なくらいだった。煙は私たちのいる三階まで、やすやすと届いていたのに。

私はおじさんの姿を、いつも窓から眺めた。窓際の席だったのが幸いだった。授業中ぼんやりするようになった私を、先生もクラスメイトも咎めなかった。私は相変わらず「可哀想な子」だった。「　」の中にいる私は静かだったし、その中にいる限り、私は安全だった。みんな、労わりの目を向ける以外は、ほとんど私を放っておいてくれた。「　」の力は絶大だった。

時々、まるで自分が透明なガラスのケースに入っているような気持ちになった。それってすごくありきたりな感想だけど、本当にそうだったのだから仕方がない。水の中にいるときみたいに、みんなの声が遠くから聞こえた。女の子も男の子も、私と目が合うとそれぞれのやり方でそらした。男の子は大抵真っ赤になった。

私はうんと痩せてしまっていた。それでも胸は小さくならなかった。同じ年の女の子に比べて、私はきっと大人びて見えた。

毎日窓から、おじさんを見た。

おじさんはいつも何かを燃やしていた。よくそんなに燃やすものがあるなぁと感心するくらい、おじさんは色々なものを燃やした。

私はおじさんの手管に夢中になった。あれは無理だ、あれはきっと燃えないにちがいない、そう思うようなものでも、おじさんの手にかかれば綺麗に煙になった。

燃やすということに関してはお母さんとまったく同じことをしているのに、おじさんのそれはお母さんとは違って見えた。お母さんが、何かを罰するように燃やすのだとすれば、裏のおじさんは、何かを慰めるようなやり方で燃やした。

焼却炉は大きな口をした化け物だった。おじさんはその化け物を手なずけ、優しく生贄を与えている猛獣使いだった。

上から見ているだけでは足りなくなって、ある日中庭に降りてみた。焼却炉の後ろにある花壇に座って、私はじっとおじさんを見た。だからといって、話しかけはしなかった。話すことなんてなかったし、おじさんのやり方を見ているだけで、十分だったから。

おじさんは、私を見なかった。時々、そばに置いてある折り畳み式の椅子に座って煙草を吸うのだけど（おじさんは煙草に火をつけるのも、焼却炉を使った。火傷してしまうのではないかと、いつもハラハラしたけれど、おじさんが煙草を焼却炉に近づけると、魔法みたいに小さな火がつくのだった）、そんなときでも、私を見なかった。

こんなに私を見ない人は初めてだった。

最後には目を逸らしたとしても、みんな一度は私を見た。驚いたように目を見はる大人もいれば、優しく笑ってくれる女の子もいれば、瞳を濡らして見つめる男の子もいた。でもおじさんは、私を見なかった。

私に気づいていなかったわけではないだろう。私は時々煙にむせて咳をしたし、夕方の光が私の影をおじさんの足元まで伸ばしたりもした。

おじさんが私を見ないのは、他の大人の男の人がそうするのとは違うと、私は思っていた。あの事件があってから、大人の男の人は、小学生の女の子に話しかけなくなった。男はまだ捕まっていなかったし、少しでも長く女の子を見て大声をあげられたらたまらない、と思っていたのかもしれない。大人の男の人は、私たちを見ると逃げた。

でもおじさんが私を見ないのは、そういう理由からではないだろう。話したことはなかったけれど、裏のおじさんがそんな臆病な大人ではないと、私はほとんど確信していた。

だからある日おじさんがこう言ったとき、私は驚かなかった。

「何か燃やしたいものはないですか？」

私を見ないでそう言ったけれど、私に言ったのは間違いがなかった。中庭にはおじさんと私以外いなかった。私はとうとう、授業中も堂々と教室を出てゆくようになっていた。気分が悪い、と言うと、先生はすぐに保健室行きを許可してくれたし、そのまま私が保健室に行かず中庭にいるのを知っても、何も言わなかった。生徒たちになんて言っていたのか分からなかったけれど、自分でそうしておいて、私はそれって問題なんじゃないかと思っていた。

「燃やす？」

私が聞くと、

「はい、何か燃やしたいものはないですか？」

おじさんは丁寧に繰り返した。授業に出なくていいのか、というようなことを言わないのが良かったし、天気がいいね、ていう馬鹿みたいなことも言わないのはもっと良かった。おじさんははっきり、私に用があるか聞いているのだった。大人と同等に扱われた気がした。きちんと敬語で話してくれることも嬉しかった。

「燃やしたいものですか。」

「ええ。」

おじさんは素っ気なかった。でも、その素っ気なさは私をひとりぼっちにしなかった。

私はポケットに手を突っ込んで、くちゃくちゃに固まってくるみほどの大きさになったティッシュペーパーを取り出した。ちっぽけなのが恥ずかしかった。でも、おじさんが小さくうなずいてくれたから、勇気が出た。

「これですか。分かりました。」

そのとき初めておじさんの顔をはっきり見た。おじさんは大きな目をしていた。ぎょろり、という形容がぴったりだったけれど、全然怖くなかった。おじさんの顔には、深い皺が縦横無尽に走っていた。

おじさんは小さなティッシュペーパーを、丁寧に焼却炉の中に入れた。小さいからって、ぽんとほうり込んだりしなかった。私のティッシュペーパーは、きっと今までどんなティッシュペーパーも経験したことがないくらい丁寧に燃やされたのだった。

それから私は、毎日おじさんに何か燃やしてもらうようになった。

給食で残したパン（「もったいない」みたいなことを言わないのも良かった）、習字の失敗作（「友達」という字）、ちぎれたヘアゴム（ランドセルの底で見つかった）。おじさんが毎日燃やしているものに比べたら、本当にちゃちなものばかりだったけれど、おじさんは絶対に私を馬鹿にしなかった。私が行くと、いつも初めて会ったときのように、

「何か燃やしたいものはないですか？」

そう聞いてくれた。決して「今日も来たのか」みたいな軽口は叩かなかった。燃やすということにかけて、おじさんはプロフェッショナルだった。

おじさんが「例の事件」のことを知っているのかどうかは関係がなかった。大切なのは、おじさんが私のことを「可哀想な子」という「　」に入れなかったことだった。おじさんは私に対して、ただ、毎日燃やすものを持ってくる人間として、礼節をもって接してくれた。私も礼儀正しく接した。無駄な話はしなかったし、燃えるかどうかを卑屈に判断したりもしなかった。燃やすことに関しては、おじさんに任せておけば間違いがないのだった。

「何か燃やしたいものはないですか？」

裏のおじさんのところに行くようになってから、初めて雨が降った。

おじさんはもちろん、そんなことで燃やすことをやめる人ではなかった。黒い雨合《あまがっ》羽《ぱ》を着て、焼却炉の炎を絶対に絶やさなかった。

私は傘を差していた。雨合羽は小さな子供が着るものだと思っていたけれど、おじさんが着るとそれはうんと恰好よかった。傘を差している自分が、臆病で子供っぽい（実際子供なのだけど）人間に思えた。

「何か燃やしたいものはないですか？」

その日私は、燃やしたいものを何も持たずにここに来ていた。雨が降ったことで、緊張がほどけてしまったのかもしれなかった。

ここには、燃やすものがなくても来ていいはずだった。でも、そのときの私は、燃やすものもないのにやって来たことを恥ずかしいと思った。プロフェッショナルのおじさんに対して、ひどく失礼なことをしてしまったような気がしたのだ。

「ごめんなさい。」

謝った私を、おじさんはじっと見た。おじさんの顔は、やっぱり皺だらけだった。

「燃やすものがないのです。」

「そうですか。」

おじさんはそのまま、私を見ていた。大人にこんなに長く見られるのは、ずいぶん久しぶりのことだった。

「謝らないでください。」

おじさんはそう言った。

「燃やすものがないのに、どうして無理に燃やす必要があるでしょうか。」

おじさんはくるりと背を向けて、作業に戻った。戻ってからは、私なんてはじめからいなかったみたいに、燃やすことに集中していた。

おじさんのかぶったフードに、雨粒が当たっていた。私の小さな傘にも。

雨音がした。雨が傘に、そして地面に当たる音は、だんだん、だんだん大きくなった。

「言葉を。」

私がそう言うと、おじさんは作業の手を止めた。私はおじさんに、もっと見てほしいと思った。私のことを、もっとはっきり見てほしかった。私のその思いは叶えられた。おじさんはゆっくり振り返った。

「言葉を燃やすことは出来ますか。」

おじさんはしばらく考えていた。不思議そうな顔も、軽蔑するような顔もしなかったし、もちろんあの「嫌な顔」もしなかった。

「言葉を、ですか。」

「はい。言葉を燃やすことは出来ますか。」

おじさんの返事は待たなかった。私はおじさんが何か言う前に、こう言った。

「ほらね。」

その途端、私の足の間が冷たくなった。雨のせいではなかった。雨が降っていても、焼却炉の周りはとてもあたたかかったから。

「ほらねを、燃やすことは出来ますか。私、スカートを穿いて。でも、おかしな人に会って。可愛いねって。それで、お母さんが。」

そこまで言って、私は黙った。お母さんのことを言うのは、フェアじゃないと思ったのだったし、それ以上言うと、泣いてしまいそうだったから。

「残念ながら、言葉は燃やすことは出来ません。」

おじさんはそう言った。フードのふちから雨粒がぽたぽた落ちていた。

「かたちがないものは、燃やすことが出来ないんです。」

おじさんは私より悲しんでいるように見えた。かたちのないものを燃やすことが出来ないことに、私よりうんとうんと昔から、ずっと悲しんでいたみたいに見えた。

「そうですか。」

雨と煙に囲まれて、おじさんの姿はぐにゃりと歪んだ。

「本当に燃やしたいものを、」

おじさんはそう言うと、コホンと咳をした。

「燃やすことが出来なくてすみません。」

おじさんはその言葉で、プロフェッショナルの枠から、少しだけこちらにはみ出してくれた。余計なことを言わないこと、軽口を叩かないことにかけては、おじさんの右に出る者はいなかったはずなのに。

「燃やしたいもの。」

私のほうが、汗をかいていた。おでこ、鼻の頭、脇の下、股の間。

「はい。お役に立てなくて、すみません。」

汗が止まらなかった。私はお母さんのことを思い出していた。怒りののろしを上げて、あらゆるものを燃やしているお母さんの姿を。

「お母さんは。」

私の心臓はどきどきいった。前髪がぐっしょり濡れた。

「きっと、私が悪いって。」

握った私の手の中には、お母さんの「ほらね」があった。かたちはないのにすごく冷たくて、私の掌が少し震えた。

ほらね。

私は分かっていた。お母さんが言うそれが、どういうことなのか。

おばあちゃんに見せるためだと言い訳をして、本当は私は、可、愛、く、な、り、た、か、っ、た。スカートを穿きたかった。私はそれを可愛いと思ったし、みんなが私を可愛いと思うことが嬉しかった。

ほらね。

あの日、お母さんの願いに反して女の子らしくなったこと、可愛いと言われて喜んだことへのバチが当たったのだと、私は思っていた。私の可愛いスカートが「男の何か」で汚れてしまったことは、私のせいなんだって。全部、私が悪いんだって。

「私が悪いから。」

おじさんにこんなことを言うのが恥ずかしかった。おじさんには、プロフェッショナルでいてほしかった。私なんか無視して、ただ炎だけを相手にしていてほしかった。でもおじさんには、どうしようもなく私を見てほしいのだった。

「あなたは悪くない。」

おじさんが言った。

おじさんの声は、今まで聞いた中で一番乾いていた。乾いて、強くて、あたたかかった。まるっきり炎みたいだった。もちろん雨なんて、ものともしなかった。

「あなたは悪くないんです。」

私の目から、だらだらと何かが流れていたけれど、それはきっと涙ではなかった。涙よりもっと粘り気があって、すごくにおった。とにかく私は、絶対に泣いていなかった。

「私は、」

私はスカートを穿きたかった。スカートは可愛かった。スカートを穿いた私は可愛かった。可愛いと思われていることが、嬉しかった。そうしたら、あんなことが起こった。あの人は私のことを「可愛い」と言った。それですら嬉しかった。そうだ私は、嬉しかった。可愛いと言われて嬉しかった。でも、私は。

「あなたは悪くない。」

私は、悪くなかった。

可愛くありたいと思うことは、悪くなかった。可愛いと言われて嬉しかったことは、悪くなかった。

私が可愛いことは、悪くなかった。

「あなたは、悪くないんです。絶対に。分かりますか。」

「はい。」

本当は、きちんと分かっていなかった。おじさんがどうしてそんなに強く断言出来るのか。「絶対に」なんて言えるのか。でもおじさんの言葉は、私の体をあたためた。

それが大切だった。

「私は、悪くない。」

そう言うと、私の掌もあたたかくなった。「ほらね」は多分、なくなっていなかったけれど、ずっとそこにあったけれど、それを包みこむ何かを、私は手にしたのだった。

「私は悪くない。」

おじさんはまたひとつ咳をすると、くるりとうしろを向いた。

背中だけで、おじさんが恥じているのが分かった。たったこれっぽっちの会話でも、おじさんからすれば、とんでもないお喋りなのだ。

おじさんは、今までの分を取り戻すように、熱心に燃やした。長く花壇に放っておかれてぺたんこになった紅白帽、何に使っていたのかちっとも分からない木の板、百葉箱の中で死んでいた蜂。

私はそれを、いつまでも見ていた。雨は止まなかったけれど、私の掌はずっとあたたかかった。

おばあちゃんが死んだのは、その夜のことだった。

死んだおばあちゃんは燃やされた。その煙を見ながらお母さんは、みんなが驚くらい、大きな声で泣いた。お母さんが泣いたのを見たのも初めてだったし、お母さんがおばあちゃんのことを「ママ」と呼ぶことも、私はそのとき初めて知った。

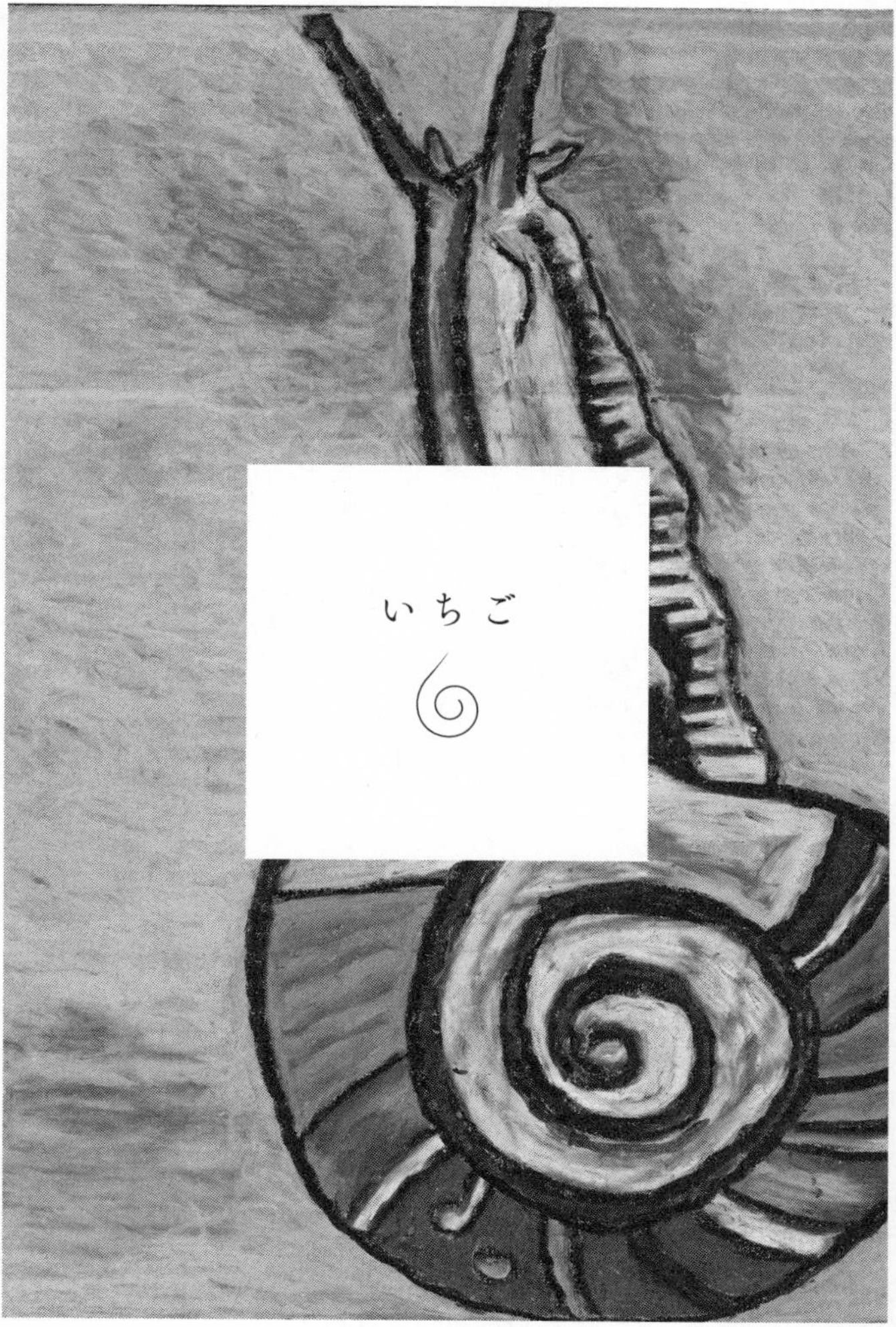

いちご

浮ちゃんはいちごを育てていた。

大きなかまぼこみたいなビニールハウスをふたつ、家の敷地ぎりぎりに建てて、朝も昼も夜も（といっても浮ちゃんは夜の八時には寝てしまっていたけれど）、ずっといちごの面倒を見ていた。

浮ちゃんの名前は、浮太郎という。

ご両親はいったい、自分の息子にどんな願いを託したのだろう。浮き雲のように軽やかな人生を歩みますように？　浮き足だった子に育ちますように？　どれだけ想像力を駆使しても、浮ちゃんのご両親がこの結論に至った理由が分からない。

「よし！　息子の名前は浮太郎にするぞ！」

でも浮ちゃんは、間違いなく浮太郎なのだった。

私と浮ちゃんは父方の「遠い親戚」と教えられていた。でも、どんな関係なのかは、何度説明されても結局分からなかった。ほとんど血なんて繋がっていないだろう浮ちゃんが、でも私は好きだった。

浮ちゃんは、九州にある祖父の家の後ろに住んでいた。祖父と祖母が早くに死んでからは、あまり実家に戻れない父の代わりに、祖父の家の管理をしてくれていた。祖父の家の鍵を持ち、毎日窓を開けて風を通し、埃を取り、忍び込んで来た鼠を追い出し、ほんのたまにしか帰らない私たち家族のために、いつも快適な家を保ってくれていた。本当に「ほとんど血なんて繋がっていないだろう」関係なのだったら、とてつもなく親切な人だ。でも集落の人は大抵そうで、私たち家族が帰ると知らぬ間に玄関にたくさんの野菜やお米なんかが置いてあったりしたし、出かけた先で雨が降って戻ったら、洗濯物が取り入れられていただけでなく、すべて綺麗にたたまれていたことなんかもあった。

私の手元には、浮ちゃんの写真が何枚かある。一番古い写真は、私が一歳のときだ。浮ちゃんは私を抱いて、仏頂面をしている。可愛らしい赤ちゃんを抱いている人がする顔ではない。計算すると、そのとき浮ちゃんは五十八歳くらいだったはずだけど、もう完全に「おじいちゃん」だった。真っ白い坊主頭、垂れ下がった瞼、農機具に挟まれて人差し指がなくなった左手と、服に着られているような痩せた体。

私が四歳のときも、十歳のときも、十五歳のときも、写真に写っている浮ちゃんは全然変わらない（赤ちゃんを抱く人にふさわしくない仏頂面のクオリティも）。その変わらなさは、ちょっとこわくなるほどだ。この間しみじみ眺めていたら、すべての写真で浮ちゃんがまったく同じ服を着ていることに気づいた。上下ベージュの作業着、ぶかぶかの長靴、それぞれの汚れ方まで同じだったから、正直ぞっとした。

奥様を早くに亡くし、子供もいなかったので、浮ちゃんはずっとひとりで暮らしていた。集落から出たことがないと近所の人が言っていたし、父も覚えている限り浮ちゃんがどこかに出かけるのを見たことがないと言っていた。

かつて、浮ちゃんにも一度だけ、東京に出てゆくチャンスがあった。「面白い名前」ということで「笑っていいとも！」から出演依頼が来たことがあったのだ。けれど、NHKしか信じない、という理由で出演を拒否した。集落のみんな、タモリさんに会えるのにもったいないと説得したけれど、浮ちゃんはタモリさんを知らなかったし（！）、知らないものに対しての浮ちゃんのかたくなさは不動だった。

例えば浮ちゃんはクロネコヤマトや佐川急便を信じていなかった。昔からある郵便局の配送しか使わなかった。ガムもロッテのグリーンガムから浮気しなかったし、煙草は絶対に「わかば」だった。これ、と決めたら一生それと添い遂げることが出来る人で、新しいものには決して飛びつかなかった。

小さな頃、私たちが田舎に帰ると、浮ちゃんが私と弟にくれるのは、決まってグリコだった。弟には男の子用、私には女の子用、キャラメルは美味しく、おまけは嬉しかったけれど、それは私が大学生になるまで続いた（学生にはグリコ、という謎のルールが浮ちゃんにはあったのだ）。浮ちゃんは途中グリコが角型からハート型になったことを、私に謝りすらした。そしてその後は、グリコに毒づくのだった。そういえばグリーンガムがパッケージを変えることにも、えらく怒っていた。

「ちゃらちゃらしよって！」

グリコもロッテも商品を新しくしてゆくことに関して「ちゃらちゃら」していたのかどうか分からないけれど、その点ではたしかに浮ちゃんは、全然ちゃらちゃらしていなかった。その名前とはまったくあいいれないほど硬派で、頑固だった。

家のトイレに飾っているカレンダーは農協でもらうやつと決めていた。家の井戸水以外飲まなかった（ペットボトルを唾棄していた）。土の様子はちょっと食べてみないと信じなかった。大雨が降っても、地震が起こっても、朝六時半のラジオ体操を欠かさなかった。

恰好いいのだ、浮ちゃんは。

格好いいといえば、浮ちゃんは大きめの蛇をぶん回してぶん投げることが出来たし、大人の掌よりも大きな蜘蛛をぶん回してぶん投げることも出来たし、チャボを襲いに来るテンもぶん回してぶん投げることが出来た。ぶん回せるもの、ぶん投げられるものであればすべてそうして、つまりその場で殺すことはしないのだった。

「生き残る奴だけ生き残ればいいんじゃ。」

でも、そんな浮ちゃんがその場で殺生するのを、一度だけ見たことがあった。私が七歳のときだ。

私と弟は浮ちゃんに連れられ、集落を散歩していた。

それはいつものことだった。私たち姉弟が戻ってくると、浮ちゃんは張り切って現れ、私たちがいなかった間、いちごがどのように育ち、そして集落がいかに変わったか（私たちからすればまったく変わったところなど見受けられなかったけれど）、説明して回るのだ。

いちごのビニールハウスに入るとき、浮ちゃんは私たちに頭を下げることを要求した。まだ育っていないいちごを見るときも、育ち始めたいちごを見るときも、私たちは決していちごを軽んじてはならなかった。「かわいいねぇ」なんて感想はご法度だった。それはいちごを軽んじることになるからだ（その理由のせいで、うちの母は浮ちゃんのビニールハウスには入れてもらえなかった）。

私たちはほとんど無言でハウスの中を歩き、時々浮ちゃんが見せてくるいちごを見て、厳かにうなずくのだった。

大変なのは、収穫の時期だ。その時期いちごのビニールハウスに入ると、私たちはいちごを死ぬほど食べさせられた。

「どうじゃっ！　食えっ！」

厳かだった収穫前と比べると、その時期の浮ちゃんはまるで祭のただ中にあるようだった。

「食えっ！　食えっ！」

浮ちゃんが育てているのは、その地方独自の品種だった。甘くてみずみずしくて本当に美味しかったけれど、何個も何十個も食べさせられるとさすがに飽きるし、弟なんかは数回吐いたことがあった。浮ちゃんは弟の吐いた物を手でかき回し(オエッ!)肥料にならないか考えていた。どこまでもストイックな浮ちゃんなのだった。とにかくいちごのことになると浮ちゃんは真剣以上で、その態度は浮ちゃんが八歳の頃から続いているというのだから、恐るべきことだった。

浮ちゃんの腰は右に曲がっている。尾骶骨から曲がっているから、体全体が傾いているのだけど、それは左側にいちご収穫用の籠をずっと吊っていたからなのだそうだ。いちごのために自分の骨の形を変えてしまう人なのだ、浮ちゃんは!

さて、ビニールハウスに数時間(本当に数時間だ)いた後は、集落を歩くことになっている。集落を歩くとき、浮ちゃんが数メートル前を歩き、その後ろを私たちがついて歩く、というスタイルは変わらなかった。散歩というよりは、ほとんど「練り歩く」といった感じだった。

集落のことに関して、浮ちゃんが知らないことはなかった。それぞれの田んぼの境界線や財産事情、誰かが飼っている犬の病気やみんなの入歯の有無、浮ちゃんにかかると集落では秘密なんてまったくないのだった。

「三宅んちの井戸ん中に猿の子どもが浮いちょっての、引きあげたら生きとったんじゃ。しばらく三宅んちで育てての、でもいつか山に帰っての、そうしたら三宅のばあさんがボケ始めての。子猿を自分の子ぉと勘違いしちょって、毎日泣くんじゃ。」

「児玉んちの息子がの、あるときから夜ふらふらと歩き回るようになっての、ああこりはいかん、なんか悪いもんでもついたんじゃねぇかいうての、ほらこんぴゅーたばかり弄っとるからの、こんぴゅーたから悪いもんもらったんじゃねぇかいうての。でも、なんのことはないリップルのママと逢い引きしとっただけでの。ママに子供が出来ての、大騒ぎしたんじゃけど、生まれてみたらそれがまあリップルのマスターにそっくりじゃちうての。」

浮ちゃんは私たちが子どもだからといって子ども言葉で話さなかったし、話す内容を選ばなかった（例えば「リップルって何？」と私たちに聞く権利はなかった。後に集落に唯一ある喫茶店兼スナックだということを、自分で知るのだった）。私たちはなかなかにきわどい事情まで知ることになったし、浮ちゃんが話すように、集落の人間を呼び捨てで呼ぶようにもなった。三宅、児玉、長崎、大田。

弟はそうやって子ども扱いされないことを、ずいぶん喜んだ。浮ちゃんが私たちに合わせて歩く速度をゆるめないことや、子どもには危険な獣道にも分けて入ることは、弟の自尊心をくすぐったのだった。

一向に私たちを子ども扱いしない浮ちゃんだったけれど、私はどうも大人たちの前で子どもっぽくふるまってしまうところがあった。特に田舎の大人たちに対して。例えば祖母が用意してくれていた真っ赤なスイカを大きな口でほおばったり（家では細かく切ってもらってフォークで食べていた）、庭を裸足で歩いてみたり（家では毎日綺麗な靴下と靴をはいていた）、鶏の鳴き声に大げさに驚いてみたり（幼稚園でも鶏は飼っていた）だ。イメージは「となりのトトロ」のメイちゃんやサツキちゃんだ。いやらしい子どもだったけれど、そうしていれば大人たちが喜ぶとどこかで思っていた。無邪気にふるまうことは、私にとってサービスの一環だったのだ。

「あ。」

カタツムリを見つけたのは私だった。家でも小さいのを見たことはあったけれど、田舎道をにょろにょろと歩くカタツムリは弟のこぶしくらいの大きさがあった。信じられないほど大きかった。

そのときも私は、「大きなカタツムリに感激しよう」と思った。もちろん本当に心底感激していた部分はある。こんなに大きなカタツムリは見たことがなかったから。でもその真実の「感激」の部分を、少しだけふくらまそう、と思った。私たちを子ども扱いしない浮ちゃんだけど、浮ちゃんの誇りである集落の何かを褒めたり何かに驚いたりしたら、浮ちゃんも喜ぶのではないかと考えたのだ。そう、私は浮ちゃんをただ喜ばせたかった。まさか私のそんないらぬ気遣いが、カタツムリの悲劇を決定してしまったなんて思いもよらずに。

「カタツムリ！」

私の声に浮ちゃんは振り返った。私は、わーお、こんな大きなカタツムリ見たことないわ、という表情をしてみせた（こういう顔をすると、田舎の大人たちは大抵喜ぶのだった）。

「大きいなぁ！」

浮ちゃんは、走って来た。

「どこじゃ！」

こんなに早く動く浮ちゃんを初めて見た。浮ちゃんが血相変えて走ってくるなんて。

もしかしたら私は、とんでもなく珍しいカタツムリを見つけたのかもしれない。浮ちゃんもあんなに喜んでくれているのだもの、そう思った。でも違った。浮ちゃんは鬼のような形相でカタツムリを睨むと、ブカブカの長靴で思い切り踏みつぶしたのだ。

「このっ！」

グシャッ！

「このっ！　このっ！　このっ！」

しかも何度も。

「こいつはイチゴを食いよるんじゃっ‼」

グシャッ！　グシャ！　グオシャァ！

浮ちゃんにとっていちごは、何よりも守るべきもので、大切なもので、だからそのいちごを食べて駄目にするカタツムリは、敵以外の何者でもないのだった（つまり大きめの蛇や巨大蜘蛛やテンはいちごを狙わないから命拾いしたのだ、ぶん回されてぶん投げられはするけれど）。

あわれカタツムリは、見るも無残な姿になった。殻は粉々に割れ、体からは青緑の液体が溢れ、ものすごく嫌なにおいがした。地獄だった。

正直その出来事は弟と私のトラウマになった（弟がそれから蝶々を捕まえて羽をむしる遊びに夢中になったことは、この出来事と関係があると私は思っている）。生きものが何かに殺されるのを（しかもこんな無残に）見た初めての瞬間だった。

私はその一件以来、浮ちゃんの前では子どもぶることをやめた。子どもぶった自分が引き起こした悲劇が、やっぱりトラウマになっていたからだ。そうすると一切浮ちゃんに気を遣うことはなくなった。そんな大人は浮ちゃんが初めてだった。だって私は両親に対してすら、どこかでいい子ぶりっこしているようなところがあったのだ。そうしていれば、みんな私を可愛がってくれたから。

そう、私はすごく可愛がられていた。

私は家族・親戚の良いところだけを受け継いでいた。小さな顔は母方の祖母から、くるりと大きな瞳は母から、形の良い頭は父方の祖父から、すらりと伸びた足は父から、ハート形の唇は父方の祖母から、きゅっと上がったお尻は母方の祖父から。

小さな頃から大人たちは私のことを「かわいい」と言ったし、私は自分の容姿がもたらすものを分かっていたから、いつもそれらしくふるまった。あんまりでしゃばらないこと、にこにこしていること、とにかくその場その場で求められた姿であること。

そうしていれば、みんな私をいつまでも可愛がってくれた。浮ちゃん以外は。

浮ちゃんは私を「かわいい」と思っていない、ほとんど唯一の大人だった（私を抱く写真のあの仏頂面も、今では理解出来る）。浮ちゃんは私を、たまにやって来る弟子くらいに思っているようだった。とにかく私自身のことにはまったく興味がなく、弟子にいかにいちごの味を、集落のことを伝えるかに全力を傾けていた。

小学六年生の終わりに、生理が始まった。

クラスの中でも遅かったから、母は心配していたし、生理が始まっても、私の体は男の子みたいに細かった。でも、徐々に太り出したクラスメイトは、私が一向に太らないことを羨ましがった。私にしてみれば、みんなの丸くなったおっぱいやなめらかな腰は少し羨ましかったけれど、学校の帰り道や友達と遊んでいるとき、大人たちが私を見る目や、実際に声に出して言う、

「あの子、モデルみたいね。」

その言葉は、私を少しだけ得意にした。私の身長は伸び続けて、一六六センチになっていた。でもそのときは、本当にモデルになりたいなんて思わなかった。みんなと

一緒に雑誌を読んで、「○○ちゃん可愛い！」とか、「こんな服着たい！」とか無邪気に言い合う、ただの女子中学生だった。

中学二年生のとき、初めて彼氏が出来た。ひとつ上のバスケ部の先輩で、一七八センチあった。私とその先輩が歩いていると、すごく目立った。みんなうらやましそうな顔をしているのが分かった。私は有頂天だった。

その先輩と初めてキスをした。

キスをしたからか、私の胸が急に大きくなり始めた。どんどん大きくなって、先輩と別れた高校一年生の秋にDカップで止まった。それと同時に、身長も止まった。一六九センチ。学校に私より大きな女の子はいなかった。私はいつも一番後ろからみんなを見ていた。

高校二年生の夏、モデルにならないかとスカウトされた。初めて遊びに行った表参道で、今の事務所の人に声をかけられたのだ。本当にこんなことがあるんだと思った。興奮していたのは私より友達で、その事務所のことを色々調べて、こんなモデルがいる、あんなモデルがいると、私にこと細かく教えてくれた。

もちろん嬉しかった。「モデルみたい」と言われるのと、本当のモデルとは全然ちがう。素敵なお洋服を着て、カメラのフラッシュを浴びて、「芸能人とも会える！」とは、友達の意見だけど、本当にそうだと思った。私だってミーハーだった（浮ちゃんとは違うのだ）。当時「笑っていいとも！」には、カリスマモデルと言われる女の子がレギュラーで出演していて、私の大好きなお笑い芸人やアイドルと仲良さそうにしていた。それがとてもうらやましかった。

両親に相談すると、高校を卒業すること、大学に通いながら仕事をすること、という条件つきで許してくれた。心配はしていたけれど、両親もどこかでワクワクしているように見えた。私も未来が見えたことで嬉しくなって、受験勉強にも身を入れることが出来た。

高校を卒業して上京した。

私はすでに専属の雑誌が決まっていた。まだ高校在学中の休みに何度か編集部を訪れ、編集長や編集者に挨拶をした。髭を生やして眼鏡をかけた男の人が編集長だということに驚いたし、編集部の人たちはみんな年齢不詳だった。

「うわあ、なんか、スれてなくていいねぇ！」

「ほんと、清純派って感じ！」

みんな私のことをそんな風に言った。

「いいよ、新鮮で！」

私は「正統派美少女モデル」としてデビューすることになった。

「ちょっと年いってるけど、まだ少女でいいよね。」

十八歳が「ちょっと年いってる」ことになることも、そのとき初めて知った。

初めて自分が載った雑誌を見たときの興奮は忘れられない。雑誌は事務所に送られてくることになっていたけれど、それを待てず、発売日の午前零時にコンビニに買いに行った。私に二ページが使われていた。メイクをされた私、素敵なお洋服を着た私は、間違いなく私なのだけど、でもまるで私ではないみたいだった。

親は雑誌を三十冊買って近所や親戚中に配った。もちろん浮ちゃんにもだ（でも、いつか浮ちゃんの家に行ったら、長さの違う椅子の足に嚙まされていたらしかった）。

新しい号が出るたび、知名度が上がった。

キャンパスを歩いていると、「ほら、あの子……」と噂する声が聞こえた。正門の前で待っている人がいて、「写真を撮ってください」と言われたときは声を上げそうになった。自分がまさか有名人と同じような扱いを受けるなんて。

両親は私の「正統派美少女モデル」という売り出し方を気に入っているようだった。私は水着を着て足を開いたりしなかったし、ものすごく派手なお化粧をして挑発的な顔をしたりしなかった。私の専属雑誌はコンサバティブで、女子大生やＯＬさんを広くターゲットにしていた。大学にも友達が出来たけれど、私にとってはモデルの友達といるほうがうんと刺激的で楽しかった。

十二歳からモデルをしているスウェーデン人とのハーフの子は、身長が一七三センチあった。十四歳からお酒を飲んでいて、太るからと言ってごはんを食べず、ジンやウォッカをロックで何杯も飲んだ。

モデルになるために高校を中退した女の子もいた。その子は暗証番号で入れるお店に連れて行ってくれた。そこには私が憧れていた芸能人たちがたむろしていて、私たちのお会計はいつの間にか誰かがしてくれていた。

芸能人に会えるのはそういうお店だけではなかった。ブランドのローンチパーティーに招待されると、テレビや映画でしか見たことのない芸能人や、中には海外のセレブもいたし、モデル仲間に呼ばれる合コンでは、同じ部屋にいるのが信じられないようなスポーツ選手もいた。

私が初めてセックスした相手も、そういう場で出会ったスポーツ選手のひとりだった。大好きというわけではなかったけれど、フィールドで活躍している姿を見ていたし、口説かれただけで舞い上がった。

私が処女だったと知るとその人は驚いていた。喜ぶのではなくて、「引いている」という感じだった。私はこの年まで処女でいたことを恥ずかしく思った。そして同時に、もう処女ではないことに安心した。その人はその二カ月後に有名な女優さんと結婚した。

私の世界はどんどん広がっていった。お酒の味も覚えたし、お店の暗証番号も覚えた。たくさんの人に体を開いたし、恋人を何人も作り、「笑っていいとも！」に出ていた憧れの芸人とも仲良くなって、一度ヤフーニュースに載った。年齢には不相応なブランドのバッグを持つようになって、休みが出来たら南フランスやバリに行った。有名なヘアメイクに髪を切ってもらい、腰に小さなタトゥーを入れた。

それでも私は「正統派美少女モデル」だった。雑誌の中ではコンサバティブなお洋服を着て可愛らしく笑い、相変わらず両親を安心させ続けていた。けれど、実家に帰る回数は減ったし、当然浮ちゃんのいる集落にいる時間なんてなくなった。浮ちゃんは私の連絡先を知らなかったし、知っていたとしてもそもそも連絡なんてしてくる人ではなかった。私はいつしか、小さな集落でいちごを作り続けている浮ちゃんのことを忘れた。世界は拡散し続けた。

ある日、気がついたら私は二十九歳になっていた。

毎年誕生日を祝ってもらってきたから、その分年を取るのは当たり前なのに、自分が二十九歳になっていることが信じられなかった。だってあと一年で三十歳なのだ。それは、モデル事務所から「将来を考えなさいよ。」と言われる年齢だった。

この数年の間、私は専属雑誌を卒業していた。少し年齢が上のコンサバティブな雑誌に移っていたけれど、その雑誌でもそろそろ卒業だと言われていた。モデルの友達の中には結婚して出産している子もいたし、事務所に相談せず髪をばっさり切ってモード系の雑誌に移行した子もいた。

いつ頃からだろう、私は自分の体をコンプレックスに思うようになった。自分の足は形が悪いと思ったし、一六九センチは小さかったし、肩には綺麗な筋肉の線が入っていなかった。ハート形の唇は古臭いし、Dカップもある胸はなんだかダサいし、大きな瞳も大きいだけで色気がなかった。

業界には新しいモデルの子たちが次々と登場していた。

みんな驚くほど顔が小さくて、手足が長くて、お洒落な顔をしていた。パリコレに出演経験のある十六歳の女の子、バンドでボーカルをしている十九歳の女の子、医学部に通いながらモデルをしている二十二歳の女の子。みんな私にはないものを持っているような気がした。自分がいつまでもコンサバティブであることを、恥ずかしく思った。

整形を考えたのは二十六歳のときだ。決断するまでに時間はかからなかった。太ももの脂肪を溶かし、顎を削った。週に四日ジムに通って食事を減らした。英会話と着物の着付けと乗馬を習い始めた。車を買い替えた。マンションを引っ越した。インスタグラムを始めた。タトゥーのデザインを変えた。相変わらず私の世界は拡散し続けていたけれど、それがどこに向かっているのかは分からなかった。

集落に戻ったのは、冬だった。

父の伯母が亡くなったから週末に行ってくる、と電話をくれた母に「私も行く」と

かぴかに磨いて、ご近所の素敵な散歩コースをくまなく探して、おじいちゃまの好きな料理を中心に、一カ月分の献立を完璧に決めた。そんな風にしないとおじいちゃまが怒るからとか、気難しい人だから、というわけではなくて、ただママが自ら望んでそうしたのだ。

そもそもおじいちゃまは、うちに泊まることを散々渋った。ホテルに泊まることも長野から通うことも出来るからって。でもママがそれを許さなかった。

「遠慮しないで、家族なんだから！」

ママが電話口でそう言う(ほとんど叫んでいる)のを、何度聞いたか分からない。とにかくママはおじいちゃまに我が家に来てほしいのだ。来て、そして一カ月みっちり滞在してほしいのだ。

「ママはファザコンだからな。」

パパがこっそり私にそう言った。

「すみれもファザコンだったらいいんだけどなぁ。」

私はパパの突き出たお腹を思い切り叩いた。そんな風にするだけで、最近のパパはものすごく喜ぶのだ。

反抗期は、特にない。パパが洗面所を使った後、洗面台に髭がぷつぷつ落ちているのは正直気持ちが悪いし、納豆を食べているパパの口で糸が伸びているところを見るのも「オエッ」ってなるときがあるけれど、でも、パパがつまらないことを言ってこちらをチラチラ見ているときは「つまんないよ」って突っ込んであげるし（つまり無視しない）、ピアノの発表会にパパが来ることも許してあげている。

でも、私から見ても、ママの「おじいちゃまと暮らす」ことへの情熱はすごかった。ママは本当に嬉しそうだったし、同時にすごく緊張しているようにも見えた（一位がかかった運動会の前日みたい）。そもそも自分の親のことを「お父さま」と呼ぶ人に私はママ以外会ったことがないし、学校でも、誰も「おじいちゃま」なんて言わなかった（もちろん私も、みんなの前では「おじいちゃん」と言うようにしている）。

小さな頃は年に二度か三度、長野にあるおうちに遊びに行った。特に夏は、東京より断然涼しい長野は居心地が良かったし、おじいちゃまの家には屋根裏部屋と暖炉があって、庭にはクレマチスや野ばらやトケイソウがたくさん植えてあった。とにかくすごく素敵だった。まるで絵本に出てきそうな家に住むおじいちゃまもおばあちゃまも、その家にぴったり似合うふたりで、でも、私の印象に残っているのは、おじいちゃまより断然おばあちゃまだ。

おばあちゃまには品があった。そして恰好良かった。白髪を変な色に染めてなんていなかったし、自前の歯は白くてぴかぴかしていて、大工仕事が得意で、週に三度プールで一キロ泳いでいた。よく笑って優しくて華やかなおばあちゃまは、会う人みんなに好かれた。

おじいちゃまは、おばあちゃまの陰に隠れていた、というわけではないけれど、いつもおばあちゃまの隣でひっそりしている人、という感じだった。おじいちゃまもおばあちゃまに負けないくらい品があった。やっぱり白髪を染めていなかったし、背がうんと高くて、家の中でもきちんとした服を着て、すごくお洒落だった。私に気前よくおこづかいをくれたし、いつも笑っていて優しかったけれど、一緒に遊んでもらった記憶はない。家に遊びに行くと、しばらくはリビングでにこにこしているのだけど、やがて書斎に引っ込んでしまうのだ。

「お父さまは、勉強家なのよ。」

おじいちゃまのことを話すとき、ママはいつだって誇らしそうだった。

ママが自分の家族を誇りに思う気持ちは、私にも分かった（私とパパだってママの家族だけど）。おじいちゃまとおばあちゃまは本当に完璧な夫婦だった。だからおばあちゃまが心臓のご病気で急に死んでしまったときは涙が止まらなかったし、ひとりになってしまったおじいちゃまのことが心から心配だった。

おじいちゃまは、でも、ひとりで暮らすことを不便に思うようなタイプではないみたいだった。おばあちゃまが死んだときはもちろんとても落ち込んでいたし、一年くらいは本当にぼんやり過ごしていたみたいだけど（その間、ママがことあるごとに長野に帰っておじいちゃまのお世話をしていた。ママはその使命感で悲しみから立ち直ったようなものだった）、いつの間にか日常を取り戻して、まるで前からひとりだったみたいに、淡々と過ごすようになった（つまり、一人分の豚汁を作るのが得意な人になったわけだ）。

冷たい、というのではない。それどころか優しい。でもおじいちゃまは、ただの「優しい人」、「もの静かな人」とは違う、ひんやりした感じを持っているような気がした。そのことはうまく説明が出来なかったし、誰かに説明する気もなかった。おじいちゃまはおじいちゃまなのだし、年に数回会うだけなのだったら、何も問題はないのだ。

だからおじいちゃまと一カ月も一緒に住むって聞いたときはひるんだ。そんなこと初めてで、予想がつかなくて、私は嬉しさを感じるよりも先に、なんだか身構えてしまったのだった。

おじいちゃまがやって来る日は、雨が降っていた。

駅に着いたおじいちゃまを、パパが迎えに行った。パパはすごく緊張していて、それが伝染して、ラブも私もうろうろと落ち着かなかった（ラブは普段しないのに、お客様用のスリッパを噛みちぎって、ママにひどく叱られていた）。

家に着いたおじいちゃまは、ちっとも濡れていなかった。左手に雨傘を持っていて、その中にすっぽりと入っていた。どちらかの肩やズボンの裾を濡らさないでいられるおじいちゃまを、私は「すごい」と思った。おじいちゃまは淡いクリーム色の皺ひとつない シャツを着て、濃い茶色のズボンをはき、水色に近いグレーの軽いコートをはおっていた。ちらりと見えた靴下は水色と茶色の縞模様で、くつはぴかぴかに磨かれ、綺麗に整えられた髭はとても清潔だった。

「お父さま！」

ママは、ほとんど金切り声を上げた。スリッパを出し、ちっとも濡れていないおじいちゃまのためにタオルを出してきて、わけも分からず私の頭をぐしゃぐしゃと撫でた。完全にパニックになっていた。

「すみれよすみれ！　ほら大きくっ？」

きっと大きくなったでしょうって言いたいのだろう。たしかに、前おじいちゃまに会ったのは一年前で、この一年の間に私の身長は八センチも伸びた。でもそのことがなんだか恥ずかしくて、私は小さくお辞儀をしただけだった。

おじいちゃまは丁寧に頭を下げて、「お世話になります」と言った。

何言ってるの他人行儀はやめて家族じゃない本当にもう、ママはとにかく色々叫んで、おじいちゃまを引っ張って行った。つむじ風にさらわれたみたいだった。取り残された私は、手持無沙汰にラブを撫でた。ラブも、何かに圧倒されていた。小さくおならをした後、恥ずかしそうに尻尾を振った。

家中からママの声が聞こえた。ここがお風呂ここがお父様のお部屋ベッドにしたわよ寒いときはこれをかけて二階にベランダがあるから気分転換に……。

「ママはファザコンだからな。」

遅れて入って来たパパが、またそう言った。大きな傘を持って行ったのに、パパの左肩はぐっしょりと濡れていた。

おじいちゃまが家にいるのは、おかしな感じだった。血の繋がった人なのに、他人がいるような気持ちがすることが申し訳なかった。でも、歯を磨いているおじいちゃまと洗面所で鉢合わせをすると「ひっ」と声を出してしまったし、ものすごく豪華な食卓をみんなで囲んでいるとき、どうしても作り笑いをしてしまった。私だけじゃない。パパもラブもなんだかぎくしゃくしていて、元気なのはママだけだった。

「お父様がくれたピアノすみれ弾いてるのよほらすみれ何か弾いてさしあげなさい！」

「あなたブロッコリー好きでしょお父様も好きなのよこれ無農薬野菜しか売っていない店で買ったの安心よ！」

「ラブは本当はすごくお利口なのスリッパ噛んだのなんてこれが初めてよねぇラブ！」

私はピアノでソナチネを弾いたし、パパはブロッコリーを六つも食べたし、ラブは大人しく、いい子にしていた（スリッパを三個もだめにしたけれど）。

自分の家なのに、なんだかぐったりした。私がほっとするのは夜眠るときだけだった。みんなに丁寧なおやすみなさいを言って自分の部屋に入ると、「ああ」と声が出るほど力が抜けた。ベッドに入っているときには、まぶたの裏に「あと何日」と数字が出た。そんなこと思っちゃいけない、おじいちゃまは私の大切な人なんだから、そう思えば思うほど、数字は濃くなった。

おじいちゃまはでも、そんな私の本音になんて、まったく気づいていないようだった。ママが作る料理をにこにこしながら食べ、時々感嘆の声をあげ、ラブを優しく撫でて、食後はお茶を飲みながらパパと話をした。私におこづかいをくれたし、素敵なご本をプレゼントしてくれたし、時々お土産に美味しそうなケーキを買ってきてくれた。家でも綺麗なお洋服を着て（シャツには絶対に皺がなかったし、いつもほとんど新品の靴下をはいていた）、スリッパの音を立てずに歩くことが出来た。お風呂に白髪が浮いていることなんてなかったし、おならをするなんてもっての外だった。おじいちゃまはいつも完璧なのだ。

「お父様は、ずっとそうだったわね。本当に、本当に素敵なお父様で、私はいつも幸せだったわ！」

お夕飯の席で、ママはそんなことを恥ずかしがらずに言った（ほとんど叫んだ）。ママは素直な人だった。十二歳の私から見ても、信じられないほど素直な、まっすぐな人だった。運動会に来たら入場の段階で泣いているし、ピアノの発表会では演奏後立ち上がって拍手をする（時々ぴゅーっと口笛を吹くときもある）。困った人がいればすぐに助けるし、間違ったことにははっきり間違ってるって言うし、自分の家の範囲を大いに超えて綺麗に街の掃除をするので、近所の人もママには感謝している。

パパも、ママのそういうところを好きになったと言っていた。パパも素直な人だった。頼まれたら断れない性格で、みんなに慕われていたし、ジブリとディズニーが大好きで、感動したらすぐに泣くし、うちの家に遊びに来る友達にも人気で、「すみれのパパってかわいい」なんて言われていた。

うちの家では、私だけがなんだかひねくれ者なのだ。

冷めているというわけではないけれど、パパとママみたいになんでも素直に感情を表現出来なかった。正直運動会ってなんだよと思っているし、ピアノの発表会もプロになるわけじゃないのになぁと思っている。同級生は嫌いじゃないけど結構な頻度でガキっぽいと感じるし、放課後までいちゃいちゃしたがるのはしんどい。いつも何かを観察しているようなところがあって、だから先生や大人の前でもうまくふるまえる。そのくせ「すみれちゃんは本当にいい子ね」なんて言ってくれる大人をどこかで馬鹿にしているのだから、タチが悪い。タチが悪い、なんて、そんな風に思いたくないけれど、でも最近どうしても自分のことをすごく嫌いになる。汚い、ずるい人間だって。

おじいちゃまのこともそう。口では「おじいちゃまが来てくれて嬉しい」なんて言っておいて、部屋であんなにほっとするなんて卑怯だ、いやらしい、冷たい。愛想笑いはお手のものだし、行儀よくするのなんて朝飯前だ。ああ、嫌な孫！

私は憂鬱だった。カレンダーを見たらおじいちゃまがいる日数はまだ半分も経っていなかった。ため息が出た。

「すみれちゃん、ため息ついてる！　どうしたの？」

さくらちゃんがある日、私のため息に気づいた。人のいるところではやっていないつもりだったのに、うかつだった。

「ため息？　ついてた？」

「ついてたよー！　はぁあって。大丈夫？　どうしたの？　何かあったの？　なにか悩んでるの？　なんでも言ってね！」

　さくらちゃんにはこういうところがある。どんな出来事も十倍、二十倍に大きくしてしまう名人だ。そもそもさくらちゃんが私と一緒にいたがるのは、さくらちゃんと私が同じお花の名前だから。そのときも、

「お花の名前が一緒なんて、奇跡じゃない？」

　そう言っていた（「奇跡」はさくらちゃんの口癖のひとつだ）。

「何もないよ、もうすぐ夏だなぁと思っただけ。」

「夏ねー、私もきらーい。暑いしー、べたべたするしー、蒸し暑いしー！」

　それ言ってることほとんど同じだよ、心の中でそう言いたかったけれど、言わなかった。

　さくらちゃんはいい子なのだ。多分私がひねくれているだけなのだ。さくらちゃんのことも最近なんていうかすごくうっとうしいと思うことが時々、ううん、何度もあって、そのたび私の胸がキリキリと痛む。自分は嫌な子だ、冷たくて卑怯な子だ。こんないい子にそんな風に思うなんて。

「あ！　すみれちゃん、またため息ついた！」

家に帰ると、鍵がかかっていた。ポストの中に張り付けてある鍵を取って中に入ると、しんとしていた。居間に行くと、テーブルの上にママの置き手紙がある。

「おとうさまは散歩に。ママは買い物に行ってきます。ピアノの練習忘れずにね。」

やった、と声が出た。家にひとりだ！

私はランドセルを投げ出して、ソファにどしーんと横になった。思い立って台所に行って、プリンやかりんとうを出した。手あたり次第食べながらつまらないテレビを見て、私は自由をしみじみと感じた。

「ひとりになりたいなぁ。」

思わず独り言を言った。ひとりになりたい、そんなこと思っちゃいけない。でも、心底ひとりになりたかった。ママもパパも大好きだけど、私のことを誰も知らない場所でひとりで暮らしたかった。さくらちゃんも学校の先生もいない場所で、たったひとりで。それって、どれほど楽なことだろう。

「ひとりになりたいなぁ。」

もう一度言ったとき、ガタッと音がした。息を飲んで飛び起きると、音がしたのはどうやらおじいちゃまの部屋だった。体が冷たくなった。おじいちゃまがいるのだろうか。散歩に行ったのじゃなかったの?

「お、じいちゃま?」

声をかけると、ふすまがそろそろと開いた。体が冷たいのに、嫌な汗が出た。おじいちゃまを傷つけてしまった! 今この状態で「ひとりになりたい」なんて、おじいちゃまのことを邪魔だと言っているようなものではないか!

「すみれさん。」

でも、おじいちゃまは、私の予想と全然違う顔をしていた。悲しそうでもなく、バツが悪そうでもなく、それどころか、なんだかほっとしているみたいに見えた。

「私もです。」

おじいちゃまと長く話したのは、それが初めてのことだった。

おじいちゃまは私の隣に座り、かりんとうをつまんだ。いつもの通り綺麗なお洋服を着ていたけれど、スリッパをはいていない足に五本指の古びた靴下をはいていて、それだけで随分だらしなく見えた。

「しんどいですよね、正直。」

おじいちゃまは、私に負けない大きなため息をついた。

「娘だし色々気遣ってくれるのは嬉しいんですけど、こうもまっすぐ愛情をぶっつけられたら、すごく疲れるんですよ。私もひとりになりたい。早く長野の家に帰りたいです。」

「そうなの？」

「だってそうでしょう。ここにいると完全なひとりの時間がないし、すみれさんだって気を遣うでしょう。」

「気……そんな、こと、嬉しいよ、おじいちゃまがいてくれて……。」

「いいえ、いいえ、いいんです、無理しなくて。気持ち分かりますから。すみれさんは、私たちにすごく似ている。」

「私たち？」

「私と、あなたのおばあさんです。」

「おばあちゃま？」

おじいちゃまの話は驚くべきことだった。みんなに好かれて優しい、上品なあのおばあちゃまは、おじいちゃまとふたりのときは、毒舌家で、ひどい悪態をついて、時々は仲良しの友達の悪口だって言っていたのだそうだ！　そんなこと、信じられなかった。

「おばあちゃまが？　信じられない。」

そんなことを言いながら、私はなんだかワクワクしていた。おじいちゃまを見ると、おじいちゃまも、なんだか嬉しそうだった。

「すみれさんも、いい子でいようと思ってるでしょう。でも、疲れますよね。私もそう。娘にすら疲れるんです。あの子には、私たちの良いところしか見せて来なかったから、それはそれは心根の優しい、いい子に育ってしまって。だからあんな風に愛情を隠さない。まっすぐでしょう。それがねぇ、ちょっとしんどいんですよねぇ。」

私は思わず、吹きだしてしまった。

「しんどいって、おじいちゃま、ママは実の娘でしょ？　娘ってかわいいものなんじゃないの？」

「これは正直に言いますとね、娘だからって無条件にかわいいなんてことないですよ。」

「ええ！」

「みんなどうしてあんなに自然に、自動的に家族の愛を信じられるんだろう。ばあさんも言ってました、子どもが生まれたらただちに母性が発動するわけじゃないって。みんなそういうものだから、という押しつけがあるからそうふるまっているだけですよ。正直ね、私、すみれさんのことも、孫だからって自動的にかわいいと思えないんですよ、申し訳ないですけどね。」

その頃には私は、本格的に爆笑していた。

「孫なんて、目の中に入れても痛くないいんじゃないの？」

「痛いでしょうよ、入れたくないですよ！」

おじいちゃまのことは好きだった、はずだ。でも、今のおじいちゃまの方が、私はうんと好きだった。そしてきっと、このおじいちゃまの姿をママに見せてはいけないのだということも分かっていた。だからおじいちゃまと私は、協定を取り結んだ。

「係だと思いましょう。」

「係？」

「そうです。すみれさんは、孫係。わたしは、爺係。この一カ月、それぞれ、係をきちんとつとめあげませんか。私の娘のために。すみれさんのお父さんのために。」

そのアイデアは、私にとってものすごく素敵なことに思えた。私たちふたりは、悪い秘密を共有したギャングみたいな気持ちだった。
「係だと思ったら、なんだって出来るんです。」

その日から、私とおじいちゃまはそれぞれの係を忠実に、立派にこなすようになった。夕飯の席で仲良くおしゃべりし、ふたりでラブをかわいがり、とにかく家の中では常に一緒にいた。ママが涙を浮かべるほどその風景を喜んでくれるので、だから私たちはますます係の任務をがんばった。夕方にはふたりでラブの散歩に行って(それもももちろんママを狂喜させた)、それぞれ一日分の悪態をついた。そして帰宅すると、またふたりでさわやかなおしゃべりに興じるのだ。私たちの目覚ましい親密ぶりに、パパも驚いていたし、喜んでいた。私たちは本当にうまくやっていた。

休日になると、私はおじいちゃまが学会で通っている大学に連れて行ってもらった。大学には休みなのに人がたくさんいた。チアリーダーが笑顔で練習をしていて、道端でお酒を飲んでいる人たちがいて、講堂前では映画研究会の人たちが8ミリフィルムを回していた。

「見てください、すみれさん。」

おじいちゃまは、いつものお洒落なお洋服を着て、ステッキを持っていた。道行く生徒に挨拶されると、それはそれは素敵な笑顔で返事を返し、そのたび私は「嘘つけ！」と笑い出しそうになった（もちろん私も、素敵な笑顔で挨拶をした。私たちは「素敵な教授とそのお孫さん」を完璧にこなしたのだ）。

「チアリーダーは異様に元気で、昼から飲む人はとんでもないばか騒ぎをして、映画研究会の人はしゃらくさい話し方をする。もちろん、元々その気質を持った人間もいます。でも、大抵は徐々にその場に合った自分らしくなってゆくんです。」

おじいちゃまの話は、とても面白かった。

「私たちの体のすべてが私たちの意志で動くわけではないんですよ。何か大きなものに動かされているんだ。それを社会と言うのかもしれませんがね。とにかく、ゆだねられるところはゆだねましょう。私たちは、この世界で役割を与えられた係なんだ。」

そして、私をとても楽にしてくれた。

学校でも、私は係をきちんとこなせるようになった。さくらちゃんのことをうっとうしいと思う瞬間、「さくらちゃんの優しいお友達」をきちんとやろうと思ったら本当に優しくなれたし、先生の前では「優秀なすみれちゃん」をこなすことが出来た。褒められたら「係りをきちんとこなしたこと」を褒められているのだと思って、素直に喜ぶことが出来た。

そしてそうやっていても、帰ったらおじいちゃまの前で悪態がつけると思ったら、ものすごくわくわくするのだった。最初はそれって最悪、ものすごく性格悪いよな私、そう思っていたのだけど、おじいちゃまと話して、そう思わずにすむようになったのだ。

「人はそれを陰口だとか卑怯だとか言うかもしれない。性格が悪いとか。」

「うん、私もそう思う。だから自分のことが嫌になるの。」

「でもね、すみれさん。すみれさんがそうふるまうのは、さくらさんを傷つけたくないからでしょう? 先生の期待に応えたいからでしょう?」

「うん、そうだね。そう。」

「じゃあそれは思いやりの心からくるんです。」

「思いやり?」

「そうです。それは誰かを騙しているのとは違う。騙して、それで得をしようとしているのではないのだから。ここが大切です。つまり、得をしようと思って係につくのはいけません。あくまで思いやりの範囲でやるんです。その人が間違っていると思ったら、そしてそれを言うことがその人のためになるのだったら言わなければいけないし、相手を傷つける覚悟をもって対峙しなければいけない。でも、その人が間違っていないとき、ただ性格が合わないだけだとか、その人の役割的にそうせざるを得ないんだなぁと分かるときは、その人の望む自分でいる努力をするんです。」

「難しいけど、分かる気がするよ。」

「すべて分からなくていい、とにかくすみれさんがいい子でいようとすることは、とてもえらいことなんです。それは涙ぐましい努力だし、いい子のふりではなく、本当にいい子だから出来ることなんです。」

「褒められてるんだね、私。」

　私は自分のことがずっと嫌だった。みんなの前でいい子のふり（だと思っていた）をして、みんなのことをガキっぽいと思ったり、さくらちゃんのことをうっとうしいなぁと思ったり、おじいちゃまが家にいることもしんどいと思っている、そんな自分は卑怯で、悪い子なんだと思っていた。でもおじいちゃまは、そんな私を「本当にいい子だから」と、そう言ってくれるのだ。

「だってもしすみれさんに、おじいちゃまが家にいるのすごくしんどい、いつ帰るの、なんて面と向かって言われたら、さすがの私も泣いてしまいますよ。根はいい子なんていうのも納得出来ない。みんな根はいい子なんだ。それをどれだけ態度に表せられるかですよ。」

私は吹き出した。おじいちゃまにかかると、私はいつまでだってこうして笑っていられるのだった。

「そういえば私、パパが納豆食べてるとこ見たらキモイの。でも言わないでいる。」

「でしょう？　すみれさんはいい子なんです。正直なことと優しいことは別なんだ。」

パパもママも、こうやって一緒に歩いているラブだって、まさか私とおじいちゃまが散歩しながらこんな話をしているなんて思わないだろう。もしそれを知ったら悲しむだろうか？　ううん、驚きはするけれど、悲しまない気がする。でも、絶対に言わない。ママのために。

「そしてね、すみれさん。悪態をつくのは限られた人にだけ、本当に信じられる人にだけです。インターネットに書きこむなんてもっての外、それは本当に卑怯なことです。とにかく本人の目に触れる、耳に入る可能性があることは絶対にするべきではない。」

「そうする。私、おじいちゃまだけにする。」

「ばあさんも、私以外には一切悪態をつかなかった。みんなを思いやって、みんなが望むことを全力でやって、そして疲れたら私だけにそっと悪態をつく。絶対に誰にも漏らさなかったし、だからそれによって誰かを傷つけることは絶対になかった。」

「素敵だね、おばあちゃま。」

「素敵ではないです。全然素敵ではない。でも私は大好きでした。」

おじいちゃまの言葉を、私は心から信じることが出来た。ふたりで「素敵な夫婦」として完璧にふるまって、疲れたら悪態をつき合うなんて、最高のパートナーだ。そして、そんなことが出来る人と巡り合えるなんて奇跡だ。

「おばあちゃまがいなくなって寂しい？」

「寂しいです。すごく、すごく。」

淡々と暮らしているように見えたおじいちゃまは、ずっと寂しかったのだ。その寂しさを自分のものだけにして、誰にも言わず、こうやって生きてきたのだ。

「寂しいです。」

おじいちゃまは、あと一週間で帰ることになっている。私も寂しかった。ものすごく寂しかった。一カ月前の自分を思うと、この気持ちが信じられなかった。

「おじいちゃまが悪態つきたくなったら、私に電話してよ。」

「すみれさんに？」

「うんと悪態ついてよ。私がおばあちゃまの代わりになるよ。」

「本当ですか？」

「うん。私だって悪態つく人いなくなるもん。困る。」

「そうか、そうですね。」

「そうだよ。」

ラブがおならをした。私たちが笑うと、ラブも嬉しそうに尻尾を振った。

おじいちゃまが帰る日、ママは涙をぼろぼろ流した。予想出来ていたことだけど、ママのことを、私は大好きだと思った。素直なママ。素直な娘。

「お父様、きっときっと連絡してね。」

ママがおじいちゃまの肩に手を置いたとき、ふと思った。もしかしたら。ママだって、「お父様のことが大好きな娘」を、きちんとこなしているのかもしれない。

ママがおじいちゃまのことを大好きなのは真実だけど、でも、それ以上に優しい気持ちで、おじいちゃまを愛しているのかもしれない。「母性が自動的に発動」するのではないのだったら、「子どもが親を慕う気持ち」だって、ナチュラルなものとは限らないじゃないか。

「本当にありがとう。」

おじいちゃまは、肩に置かれたママの手の上に、自分の手を重ねた。ふたりの姿は完璧な親子に見えたし、親子以上に素敵なものに見えた。お互いの役割を、思いやりをもってこなしている、立派な生き物に見えた。

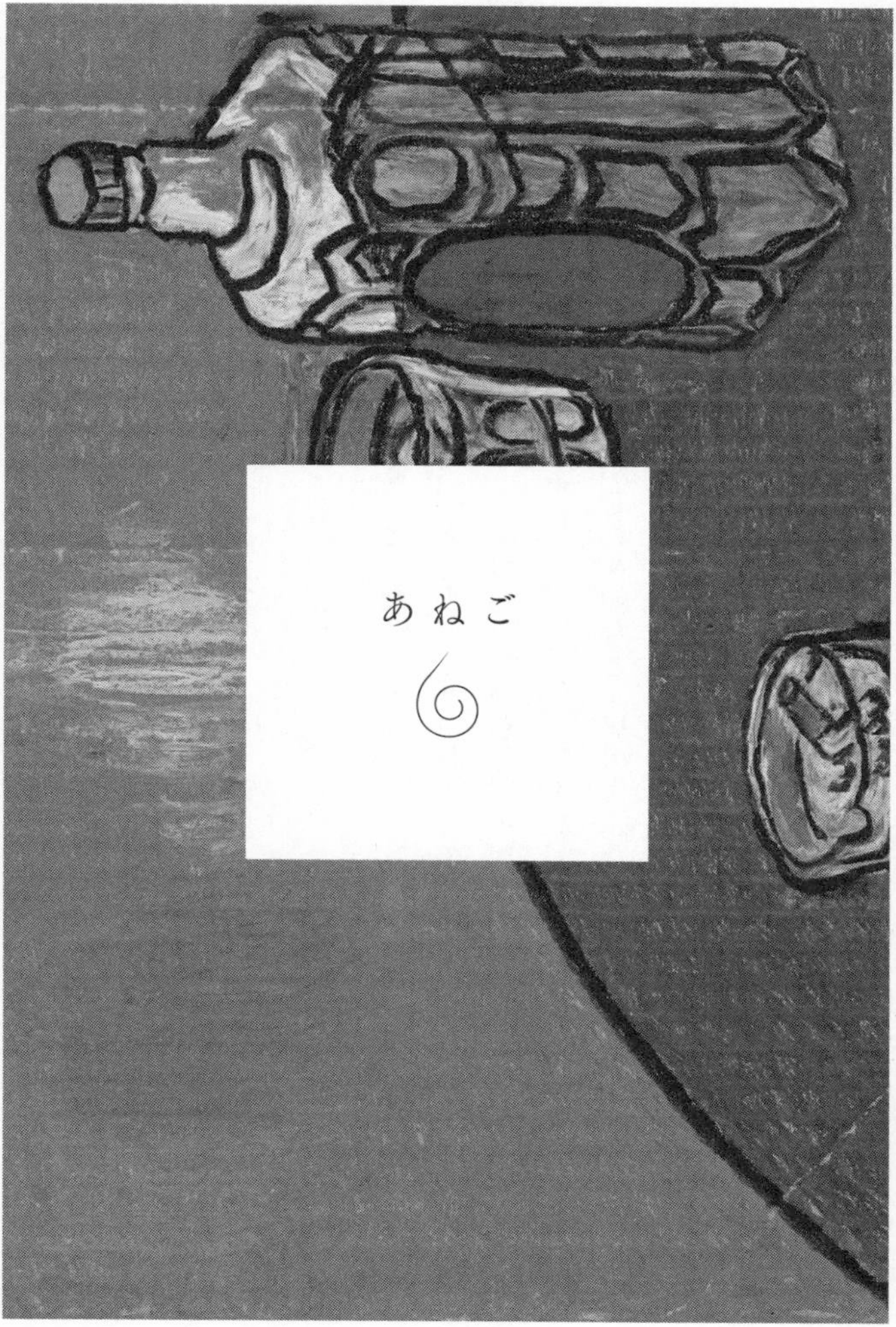

あねご

6

お酒ばかり飲んできた。

初めて飲んだのは、十七歳のときだ。マイっていう友達の彼氏が大学生で、一緒に会おうということになった。四人でカラオケに行ったのだけど、ボックスに入ると、男の人ふたりが当たり前のようにお酒を頼むから、どきどきした。

初めて飲んだのはカシスオレンジだった。マイが、「お姉ちゃんが飲みやすいって」と言ったから。私たちがそれを頼むと、男の人ふたりは「カシスオレンジって！初心者まるだし！」なんて言って笑ったけど、そんなふうに言って大人ぶりたかったんだなって、今なら分かる。そのふたりはたしかジントニックばかり飲んでいて、それだってだいぶ初心者っぽいし、そういえばふたりは二十歳になったばかりだと言っていた（「ハタチの彼が」という言い方を、マイはよくした）。

飲み放題だから飲まないと損だって言われて、私たちはたくさんおかわりした。カシスオレンジはたしかにすごく美味しくて飲みやすかった。でも当然酔った。マイはぐったりして、彼氏の膝に頭を載せていた。彼氏はなんだか嬉しそうにマイの頭を撫でていて、私はそれを少し羨ましいと思った（マイはその後、一度「妊娠したかも」騒動を盛大に繰り広げてからその彼氏と別れた）。

頭がぼうっとしていた。体の輪郭がぐにゃぐにゃになって、時々大声で叫びたくなった。気づいたらにきびだらけの男の人にキスされていた。私のファーストキスだった。

短大に入ってからも、毎日のように色んな大学の人たちと合同コンパをした。新入生歓迎会はどこでも開催されていた。

「君十八歳でしょ？　まだ飲んじゃだめじゃん！」

そんな風に言われて、

「私十七歳から飲んでました！」

と返すと、大抵盛り上がった。それで、私にばかりお酒がまわってくるようになった（本当は、あのカラオケ以来飲んでいなかったのだけど）。

「飲んで飲んで！」

生まれて初めて赤ワインを飲んだ。正直すっぱくてまずかったけれど、「美味しい！」と言ったら先輩が「お、いけるねぇ」なんて注いでくるから、馬鹿みたいにおかわりし続けた。そうしたら途中で吐いた。自分の赤い吐瀉物が落ちるのを見ながら、「血を吐いてるみたいだな」と思った。

いろんなお酒を飲むようになった。日本酒も飲んだし、テキーラも飲んだし、ハブ酒も飲んだ。いつも吐くときは何故だか赤い吐瀉物が落ちた。入学してまだ一カ月で、私は名前も知らない男の人にからだを開いた。もちろん初めてのことだったけれど、お酒を飲んでいたから怖くなかった。

最終的に「イベントサークル」とは名ばかりの、ほとんどお酒ばかりを飲んでいるサークルに入った。毎日飲んだ。昼間から飲むときもあった。私は一年生なのに「あねご」というあだ名をつけられた。私は誰よりも飲んで、誰よりも酔っぱらって、誰よりも吐いた。洗面器にお酒を入れて飲んだし、赤ワインの瓶を一気飲みしたし、服のまま川に入って泳いだし、後輩が出来てからは「お前も飲め！」と頭を叩いたりした。私がそんなふうにすると、みんな盛り上がった。

「さすがあねご！」

男の子も、女の子も、お腹を抱えて笑った。

卒業後は、食品会社の事務で派遣社員をした。

会社面接で「明るいね」と言われた。私はいつも大きな声で笑い、課長に「ガサツだなぁ」と笑われた。

新入社員歓迎飲み会で、私は早速「あねご」と呼ばれていた過去を明かした。一杯目のビールを一気に飲み干すと、みんなが拍手してくれたから、次のビールも一気に飲んだ。開始早々酔っぱらった。

「あねごもそんなんじゃ彼氏出来ないだろう！」

そう上司に言われて、「うるせぇ！」と返した。私が失礼なことを言うと、みんなが盛り上がった。

その日は過去最高に飲んだ。終電があるから帰るというみんなにすがりつき、飲もう飲もうと騒いだ。最後には地面に大の字になって「帰らないぞー！」と叫んだ。みんな私のことを携帯電話のカメラで撮っていた。結局タクシーに無理やり乗せられて、発車した車の窓を開けて叫んだら、大笑いしているみんなが遠ざかっていった。

「酒癖が悪い」というのは、私のステータスになった。飲み会があると必ず誘われたし、取引先の人が来たら「あの子、あねごっていうんですけどね」と説明された。実際取引先の飲み会にも連れて行ってもらったことがあった。そのときは飲みすぎてトイレから出て来れなくなった。翌日上司に下着を丸出しにして眠っていたと言われた。みんな笑った。

「あねごのパンツ見ても、正直何もそそられないわー!」

そんなふうに言った人と、その後関係を持った。その他にも何人か酔った勢いで関係を持った。誰にもばれなかった。その会社には二年ほどいたのだけど、契約は更新されなかった。次の会社も二年で契約を切られた。

他の会社に派遣社員で行くことも考えた。でも、またいつか契約を切られることを考えてぐずぐずしていた。そんなとき、学生時代の後輩に、

「あねごは夜の店が合いますよ!」

そう言われたことを思い出した。

お仕事でお酒が飲めるなんて、確かに最高だと思った。その後輩は「あねごはお笑い担当でいける」とも言っていた。たしかに私は美人でもないしかわいくもなかったけれど、お酒が飲める。キャバ嬢は美人でかわいい人ばかりだろうから、その中に私みたいな人間がひとりいてもいいはずだ。一度やってみるのも悪くないと思った。私はまだ二十四歳だった。

キャバクラの面接で、「ぶすだなぁ」と言われた。

「ひどーい！　人間だぞ！」

そうおどけると、店長が噴き出した。

「まあ、キャラ的にはアリかもなぁ。」

それで決まりだった。

「二十四かぁ、もう若くないけどな。」

私はお笑い担当のおばさんキャラでいくことになった。

最初についたお客さんは、とても優しかった。初老の上品そうな人で、お店の常連だった。こんな人が毎日キャバクラに来るなんて信じられなかった。園田さんというその人は、いつも姫香さんという女の人を指名していた（二十六歳だったけれど、おばさんキャラじゃなかった。キャラは年齢で決まるわけではないのだ）。姫香さんは目がぱっちりしていて、おっぱいが大きくて、本当に綺麗な人だった。私の思う「キャバ嬢」を体現していた。

「今日が初めて？」

「はい！　すみませんねぇこんなブスで！」

「ははは、明るくていいねぇ。」

姫香さんも私を見て笑っていた。そして、お酒の注ぎ方や、ボーイさんの呼び方や、灰皿の綺麗な片づけ方を教えてくれた。姫香さんの首に光っている綺麗なダイヤのネックレスは、園田さんに買ってもらったものだった。

次についた席でも、その次についた席でも、私は歓迎された。女の子はみんな優しかったし、私は三席目でお酒を完璧に注げるようになり、グラスの水滴を拭えるようになり、お客さんに気づかれないように灰皿を替えられるようになった。

その日最後についた席で、私のキャラは決定的になった。

「うわあ、なんだよ、ラスボスが来た！」

初めて来た三人のサラリーマンで、つく女の子つく女の子にブスと言っているような人たちだった。たしかに、この席についているふたりは、正直お店の中でも容姿が劣る女の子たちだなと思った。年を聞かれて、二十歳です、と答えていたけれど、「ブス」と言われてなんだか明らかにふてくされていた。

「私は二十四歳でーす！」

「聞いてねぇし！」

「二十四ってババァじゃん！　ババァでブスってか！」

「いや私お笑い担当なんで！」

「なんだよ笑いとかいらねんだよ、かわいい子呼べよかわいい子！」

「かわいい子にたどり着くために、まずは私を倒せー！」

私がラスボス風の顔（それがどんなものか分からなかったけれど、とりあえず鼻の穴を膨らませて、歯茎をむき出しにした）をすると、男の人たちが思わずという感じで噴き出した。

「なんだお前、やべぇな！」

「勝負だー！」

そこからお酒の飲み合戦が始まった。濃いめの水割りを一気に飲むと、それを支払うのは自分なのに、男たちは手を叩いて笑った。

「すげぇ、バケモノじゃん！」

どうやらその人たちは立派な会社に勤めているようだった。自分たちがどんなに稼いでいるか、どれほどのプレッシャーがあるかを、飲みながら教えてくれた。私はひとりの人に何度も頭を叩かれた。後頭部がじんじんしたけれど、お酒のおかげでそんなに痛くなかった。

「もっと飲めブス！」

白目をむいて「もっとくれぇえええ」と言うと、ふてくされていた女の子たちも笑った。

「やばいんだけど！」

そうして初日に吐いた。でも、達成感はあった。その人たちはそれから頻繁に店に来るようになって、来るたび盛大に飲み、盛大に女の子に飲ませた。一気飲みを断る女の子がいると許さないので、自然と私が席につくようになった。

キャバクラは働きやすかった。

初めて会う女の子たちでも、席につくと「仲間」という感じがした。どんな子たちでも、仲良さそうにするその空間が心地よかった。私はいつの間にかやっぱり「あねご」と呼ばれるようになった。とにかくお酒をたくさん飲むから、店の人にも重宝がられたし、指名も増えた。

「あねご、４番テーブルさんご指名！」

大学の後輩が言ったことは間違いがなかった。私にはこの職業が一番似合うのだ。

『オカアサン』から着信履歴があった。夜の九時過ぎと、十時の二回。

お母さんには夜の仕事をしていると言っていなかったから、かけなおす時間を考えないといけなかった。その日も馬鹿みたいに飲んで、ひどい二日酔いだったけれど、死ぬ気で早く起きて、八時前には電話をかけなおした。

「あら、こんな時間に。」

お母さんの声を、久しぶりに聞いたような気がした。

短大で一人暮らしを始めるようになってから、週末は必ずお母さんに電話していた。

いつも「元気なの?」とか、「ちゃんと食べてる?」とか、同じ話しかしないけれど、その時間はお母さんにとって、たぶんすごく大切なんだろうと分かっていた。

「昨日はごめんね。会社の飲み会で出れなくて。帰ってからも疲れてそのまま寝ちゃった。」

「ああ、大丈夫よ。大した話もないし、ただ元気かなって思っただけ。こんな朝かけてこなくて良かったのに。夜またかけてくれたら。」

「あの、でも、今日も飲み会だからさ。」

「ちょっと、そんな毎日飲み会があるの?」

「……今週は、なんか色々重なっちゃって。」

「大丈夫なの? あなたも飲まないといけないの?」

「ううん。飲み会っていっても、私はその場にいるだけだよ。本当に、お飾りっていうか、お付き合いっていうか。」

「大変ね。でも、そうよね、今若い女の子にお酒の一気なんてさせたら大問題になるもんね。昔とは違うもんね。」

「そうだよ、今はそんな人いないよ。」

お母さんは、私がいまだに食品会社のＯＬをしていると思っている。急に私の家に来ることがあってもいいように、私はいつも部屋を綺麗にしていたし、お酒の類なんて一切なかった。隠していたんじゃなくて、私は家では一滴も飲まないのだ。

実家にもお酒はない。料理酒とみりんがあるきりだ。お母さんは小さい頃、自分のお父さん、つまり私のおじいちゃんがお酒飲みで、苦労させられたのだそうだ。

「みっともないでしょう。酔っ払いは。」

結婚した当初、私のお父さんは全然お酒を飲まなかったらしい。

「それで結婚を決めたようなものだったのよ。」

いつからか、お父さんはよく飲むようになった。なのに。」お母さんに後で聞くと、会社を変わってからお父さんも変わったと言っていた。上司がとにかく、「飲まないと仕事が始まらない」っていうような人だったのだそうだ。

「だからって、自制をもってほどほどにすることは出来るじゃない。元々酒好きだったのよ、きっと。結婚するときは私を騙してたんだ。」

お父さんは普段は無口で空気みたいな人だったけれど、酔っ払って帰って来ると、玄関先で一通り騒いだ。お母さんが静かにして、と言うとますます大きな声を出して暴れた。私はずっと眠ったふりをしていた。時々お父さんは家の中で漏らした。お母さんが掃除をしながら泣いているのが聞こえた。

翌日になると、お父さんは昨日と一変した。昨日の自分を恥じているみたいにじっとうつむいて、朝ごはんも食べなかった。お母さんはお父さんがやったことを一部始終、全部細かく聞かせた。夜の言動を、テープに録音しているときもあった。

「いくら飲まないといけないからって、そんなになるまで飲むのはどうしてですか?」

お父さんは返事をしなかった。背中を丸めて、じっとしていた。

「本当に、見てられない。」

お父さんとお母さんが別れたのは、私が十一歳のときだ。

ある日、お父さんが急に家を出て行った。私には知らされなかった。それから私は、家を出るまでずっと、お母さんとふたりで暮らした。お父さんには会わなかった。一度だけお母さんに「寂しい?」と聞かれたけれど、私は「なんで?」と答えた。

「もう会社行かなきゃ。」

「ああ、そうね。本当に、あなたは飲まないようにね。」

「分かってる。」

ある日、有名な俳優が店にやって来た。

誕生日会の三次会ということだった。八人くらいいただろうか。他にもそんなに有名ではないけれどテレビで見たことのある俳優もいたし、元サッカー選手もいた。それ以外の人もいかにも「業界の人たち」って感じで、すごく華やかだった。店長が店で一番大きなテーブルに通して、店の女の子をかたっぱしからあてがった。

俳優も酔っていた。Aさんというその人は四十近くには全然見えなくて、肌がつやつやして、やっぱり本当に綺麗な顔をしていた。十代の頃から格好いいと思っていた人だったから、テーブルについてと言われたときは嬉しかった。

「はい、ブスが座りますよー！　どいてどいてどいてー！」

突撃して、Aさんの隣を陣取った。私がそんなことをしても、店の女の子たちは怒らなかったし、それどころか「あねごが来た！」と、手を叩いて笑ってくれた。

「やっと会えたね！」

ほとんど叫ぶようにそう言うと、Aさんが嫌な顔をした。あ、失敗したかなと思った。今までも、こんなふうに突撃して、お客さんに嫌な顔をされることがあった。でも、それからは大抵持ち直した。みんなキャバクラには楽しもうと思って来ているのだし、本格的に失礼なことを言いさえしなければ、最後には笑ってくれるのだ。

「ちょっとちょっと、顔に『ブスが来た』って書いてますけどー！」

私がおどけると、女の子たちが笑った。でも、Aさんは笑わなかったし、私の方を見もしなかった。「無視かーい！」という、それも無視された。

「ブスが目に入らないご病気かも……！」

おどけてそう言うと、

「病気とか簡単に言う人間の品性疑うわ。」

独り言のようにそう言った。

「品性は母親の胎内に忘れてきました！」

Aさんだけにではなく、みんなに聞こえるように大声を出した。でも、みんなそんなに笑わなかった。女の子もだ。

グラスを手に取り、「飲んでいいですかぁ？」と聞いた。お客さんに許可されないと、女の子は飲めないことになっているのだ。Aさんが何も言わないので、女の子たちが心配そうにAさんを見た。私はAさんの耳元に顔を近づけた。

「もしもーし、聞こえてますかぁ？　飲みたいなぁ、飲みたいなぁ！」

Ａさんが大きな舌打ちをした。みんなシンとした。Ａさんは大きな目で私を睨んで、何か言おうとした。

「てめぇ、」

そのとき、

「お、お、お疲れさまです！」

頭上から声がした。見上げると、ガリガリに痩せて背の高い、頭の禿げたみすぼらしい男が立っていた。どこかで見た気がする、そう思ったらひとりの女の子が同じことを言った。

「あれ？　どっかで見た気がする！」

男の人たちがわあっと盛り上がった。

「嘘だろまじで来たー！」

「噂は本当だったんだ！」

思い出した。その人は数年前に少しだけ売れた芸人だった。たしか名前は、

「モリ！」

そう、モリだ。その当時から頭が禿げていて、みすぼらしくて、そのみじめさで人気が出たような人だった（といっても深夜番組でしか見なかったけれど）。一発ギャグをするのだけど全然受けなくて、その受けなさをみんなが突っ込んで成立するような感じで、でも熱湯風呂に入ったり服を脱いだりすることはNGなのだと言っていた。だから、「お前のその感じでNGあるんじゃねぇよ」なんて言われて、若い芸人に頭をはたかれていた。

「え、何ですか噂って？」

「いやこの業界で電話番号だけが出回っててさ、かけたらどこでも三十分以内に来るって。」

「そう、メシ食わしてやる、酒飲ましてやるって言ったら、どこにでも来るんだよ。」

「えー！　それで本当に来たのー？」

つまりモリさんは、この中にいる誰とも面識がないのだった。

「あ、あの、はい。呼んでくださって、あの、あ、ありがとうございます。」

そう言って頭を下げるモリさんを見て、みんな笑った。確かに、立っているだけで、何かを話すだけで、すぐに蔑まれるような、そんな人だった。

「座れよモリ、いいから！」

初対面のはずなのに、Ａさんは呼び捨てで呼んだ。モリさんは申し訳なさそうに端に座り、きょろきょろとあたりを見回していた。

「いいよ、こっち来い、こっち！」

モリさんは結局、Ａさんと私の間に座った。モリさんからは饐《す》えたような汗のにおいがして、肩にはフケがたくさん落ちていた。

「なんで来たの？　俺のこと知らないんでしょ？」

「あ、はい、でもあ、あの、さ、酒飲みたいんで。」

「馬鹿おまえ、失礼だろ！」

「あ！　あ！　すみません、すみません、すみません！」

「噂通りのポンコツだわぁ！　年いくつよ？」

「あ、今年で五十三になります！」

「地獄じゃん！」

みんな笑った。女の子も、この人を馬鹿にしていいのだと、一瞬で判断したみたいだった。

「水割り飲みますか?」

　こっそり聞くと、モリさんは目を丸くして頭を下げた。私の手にフケがかかった。それを隠して、素早く濃い目の水割りを作った。

「おいモリ、ブスに勃起してんじゃねぇよ!」

　遠くから声がした。

「勃起おひとつありがたくいただきまぁす!」

すかさず叫ぶと、みんな笑ったし、Aさんも笑った。そこからは、私とモリさんをくっつけるという流れになった。

「モリ、ほら、今晩誘っちゃえよ。」

「寂しそうだよ、あねご。」

モリさんはそのたび、本気で恐縮していた。

「い、い、いや、あのう、こんな綺麗な方は、あのう、もったいないです。」

話しながら唾が飛んで、私の腕にかかった。私はそれをこっそり拭いながら、「いや口説けや!」「遠慮されると逆に悲しいわ!」と叫んだ。

「ほら、あねごのおっぱい触らせてもらえよ!」

Ａさんが叫ぶと、女の子たちが「えー」と言った。

「い、いや、あの、そのう……。」

「触りたくねぇのかよ？　モリでもブスは嫌ってかぁ？」

「……さ、す、すごく触りたいけど、ぼ、ぼくなんて……。」

焦ったモリさんが頭をかくと、フケが舞い上がった。私はすぐにモリさんの後頭部をつかんだ。「おらぁ！」と言って胸にうずめたら、みんな大声を出した。口笛を吹いている人もいた。

「キス！　キス！　キス！」

こんなふうにコールされることも、分かっていた。私はモリさんの顔を起こし、がっちり両手ではさんだ。距離は五センチ。モリさんが店に来てから、そのとき初めて、はっきり目が合った。

お父さんだ。

そう思った。モリさんの黒目がちの、濡れたような目は、お父さんに似ていた。もう全然会っていないのに、だからお父さんの顔なんて分からないのに、何故だかそう思った。

モリさんの目をはっきり見たのは、私だけだろう。仕草やふるまいとは違って、それはまったくおどおどしていなかった。怒っているのでもなかった、怯えているのでもなかった。ただまっすぐ、私を見ていた。


トイレに立ったモリさんの股間を、Aさんが摑んだ。

「なんだよ勃起してねぇじゃねぇか！」

舌をからませたから、モリさんの唇は私の唾液で濡れていた。

「トイレでやっちゃっていいから！」

私のお尻を、Aさんがそう言いながらギュッと摑んだ。振り向いて「一発やってきます！」と叫んだ。

モリさんが個室に入っている間、外でおしぼりを持って待った。お店の決まりだったからなのだけど、私はずっとここにいたいと思った。そこは死角になっていて、みんなの声が遠くに聞こえた。少し朦朧としたけれど、私はそんなに酔っていなかった。Aさんたちから、お酒を飲んでいいと言われてなかったから。

モリさんが出てきた。おしぼりを渡すと、モリさんは「ありがとうございます」と、頭を下げた。下げた頭はみっともなく禿げていて、大量のフケとポップコーンのかけらにまみれていた。みんなにかけられたのだ。鏡を見なかったのだろうか。

「ちょっとそのまま。」

私はその場で、モリさんの髪についたかけらを、ひとつひとつ取っていった。大き目のフケも、手に取れるものがあったら取った。頭を下げたままじっとしているモリさんは、みじめな犬みたいだった。襟もとに入っているかけらもあったので、手を入れると、背中に大きく広がった刺青が見えた。どきっとしたけれど、手を止めなかった。

「はい、大丈夫です。大体取れました。」

私がそう言うと、モリさんは頭を上げた。私をじっと見た。やっぱり、とてもまっすぐな目をしていた。叫び出したくなったから、

「口ちゃんとゆすぎましたぁ？　私だいぶ舌でかきまわしたんで！」

そうおどけると、モリさんは少しだけ笑った。胸が苦しくなった。

「あの、」

モリさんが、何か言おうとしている。

私はそのとき、死ぬ覚悟をしていた。

嘘じゃない。

「かわいそうに」とか、「見てられない」とか言われたら、なんとかしてその場で死のうと、本気でそう思っていた。でもモリさんは、静かな声で、こう言った。

「あなたがいてくれて良かった。」

短大のとき、飲み会で暴れている私を、心から軽蔑している女の子たちがいることを、私は知っていた。陰で「イタイ」と言われていることも、職場で「あの人病院行ったほうがいい」と言われていることも。

「本当に、見てられない。」

最初にお酒を飲んだとき、友達の彼氏が連れてきた人が、私を見てがっかりしているのが分かった。かわいくもなかったし、面白くもなかったし、こんな私で申し訳なかった。だからキスされたときはほっとした。お酒が入ると、人は簡単に近づけるのだと、そのとき知った。簡単に人と近づけて、簡単に人に求められるのだと。

「本当に、見てられない。」

お酒を飲んでいると、「自分は面白い」と、思っていられた。笑わせているのではなくて、笑われているのだと分かっていても良かった。笑ってくれる人がひとりいるだけで救われた。ただ、「かわいそう」だとは、それだけは、絶対に思ってほしくなかった。

「本当に、見てられない。」

お父さんが出て行ってから、お母さんとふたりで暮らすことを「寂しい」ことだと思いたくなかった。他の子に「お父さんがいなくてかわいそう」って、思われたくなかった。学校でおかしなことがあると一番に笑った。そんなに面白いことがなくても、無理やり面白いことを見つけて笑った。父親参観にお母さんが来たら、何か言われる前に「母子家庭だからさぁ！」と笑った。私が笑うと、みんな「笑ってもいいことなんだ」と判断してくれた。

「本当に、見てられない。」

お酒を飲むと、自分がここにいていいんだと思えた。蔑まれても、嫌われても、笑ってくれる人がひとりでもいれば、私は救われた。

お父さんは優しかった。無口だったけれど、優しくて大好きだった。だからお酒なんて飲まなければいいと思っていた。お酒を飲むお父さんは嫌いだって。

「本当に、見てられない。」

お父さんの気持ちが、今なら分かる。お酒なんて好きじゃない。飲まないでいられるのなら、飲みたくない。でも、飲まないと、酔っぱらわないと、恥ずかしくて、どうしようもなくて、いられない。

「本当に、見てられない。」

お父さんは、頑張ってたんだ。

お父さんに言ってあげる人はいたのだろうか。もしいなかったのなら、私が言ってあげたい。

「あなたがいてくれて良かった。」

泣いている私を、モリさんは放っておいてくれた。よく見ると、少しまくれあがった袖口から、手首にまきついた蛇の刺青が見えていた。私は袖を直して、それを隠した。

「席、戻ります?」

モリさんが手を拭いたタオルで、涙を拭った。化粧が落ちてとんでもないことになっているだろうと思ったけれど、そのまま行くつもりだった。何か言われたら、「激しくヤッたので乱れました」と言おう。

「はい。戻りましょう。」

モリさんと私は、手を繋いで席に戻った。みんなが「わあっ」と大声を出した。テーブルに置かれたウイスキーのボトルが、店の照明に照らされて、キラキラ光っていた。

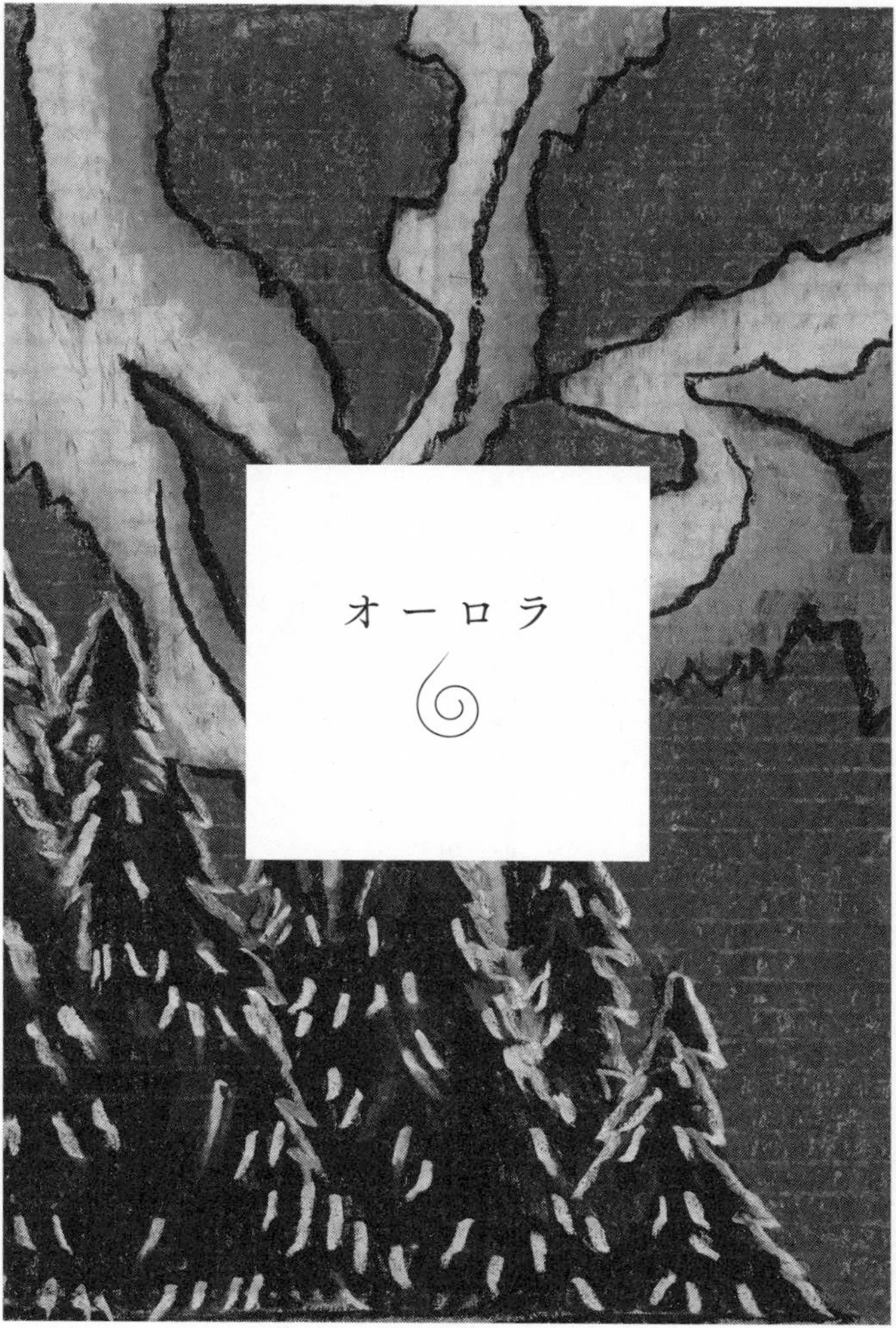

オーロラ

6

アラスカに行こうと言ったのはトーラだった。

ダンサーのトーラと会社員の私とでは、まとまった休みを取れるのはむしろ私の方で、業界で有名なトーラは、定期的にやっている国内外の公演や客演、その準備などでいつも忙しかった。だから九月に一週間ほど休みが取れるかもと聞いたときは嬉しかったし、トーラも興奮していた。

アマルフィ、ドブロブニク、ダブリン、いろいろピックアップした後で、トーラが言った。

「なんか、もっと、心がない場所がいい。」

トーラと二年一緒にいて、私はトーラのことがある程度分かるようになっていた。トーラは何かを言葉で伝えるのが下手だ。「言葉を発する前にきっと体が動いてきた」のだろうし、「彼女が踊ると言葉よりも雄弁に何かを伝えることが出来た」のだろう（そうメディアで言われているのを、何度も見た）。

「心がない場所。」

きっとトーラはこう言いたかったのだ。人間同士の複雑な心の結びつきやもつれがある場所ではなく、もっとシンプルな交換がある場所。つまり都会ではなく、それもなるべくテクノロジーから離れて、血が通った人間（またはそうではない人間）にそんなに会わない場所。

一カ月前、トーラはイスラエルに公演に行っていた。きっとそこで、様々にもつれた糸の、その渦中にいたのではないだろうか。帰国した日、玄関で請われ、私はトーラに塩をかけたのだったが（トーラは目に見えないものを信じるタチだった）、それだけでは拭えないもつれが、まだトーラの体にまとわりついているのかもしれなかった。

「カウアイ島は？」

「うーん……。」

「アフリカは一週間では無理だもんね。」

「アフリカ……。」

トーラの瞳は動かなかった。何か気になることや興味を惹かれることがあると、トーラの瞳孔はうんと黒くなって、うんと大きくなる。私と初めて会ったときがそうだった。

「ネパールは？　ポカラかどこかのロッジに……。」

「アラスカは？」

トーラは、まるで、自分に言い聞かせているみたいだった。そういうときは、私の意見など入る余地はなくて、ほとんどそれが決定しているのだった。

シアトル経由でアンカレジに入った。

九月でも半ばを過ぎるとアンカレジは寒く、私たちはあわててフリースを引っ張りだした。すれ違う白人たちが半袖なのが信じられなかった。

「白人って私たちより体温が高いんだよね。」

私がそう言っても、トーラは返事をしなかった。それはいつか、トーラが教えてくれたことだったけれど。私からすれば驚くほど閑散とした街に見えるアンカレジでも、トーラにとっては不服らしい。とにかく郊外へ、人がいない場所へ行きたいのだ。

空港で借りたジープで街をひととおり回った。ジープなんて運転したのは初めてだ、ハンドルが重い、そう一瞬はしゃいだ後は、トーラはほとんど黙っていた。ここには一泊しかしないけれど、それでも長かったかもしれない。いかにもアメリカの田舎にありそうなレストランで夕飯を取り（サーモンとハリバット、どちらもアラスカ名物だ）、私たちは早々にホテルに戻った。

翌日、朝早くにトーラに起こされた。時差ボケで朝まで眠れなかったから、七時に起こされるのは辛かった。トーラは一刻も早く北へ行きたそうだった。

私たちは最終的にフェアバンクスという街を目指すことになっていた。アンカレジからは、車で七時間ほどかかる。運転は交代でしようと言っていたけれど、ほとんどトーラがすることになるだろう。トーラは運転が好きだ。それも心のもつれをシンプルにする方法なのかもしれない。ダンスや舞台の世界はよく知らないけれど、いろいろしがらみがあると聞いたのは、初めてトーラの家に行った夜だった。

「ただダンスしてるだけでいいのかと思ってたのに、すごーく面倒臭いときがある。ケイの仕事よりもたくさん喋んないといけないんだよ。」

私は外資系のコスメティックブランドのPRをしている。たしかに「たくさん喋る」のが仕事でもあるけれど、トーラの言い方はなんだかおかしかった。

トーラとは、新商品の香水のローンチパーティーで出逢った。様々な有名人が訪れるパーティーで、私が彼女のアテンドをする係だったのだ。

くるぶしまである黒いワンピースを着たトーラは、とても美しかった。決して美人ではない。離れた目や尖った頬、大きな口は、パーツパーツで見ると整っていなかったけれど、それがトーラの顔に収まると、独特の妖艶さを発揮した。綺麗だと、一目で思った。

トーラはヒールを履いていても、一六八センチある私の肩のあたりまでしかなかった。それでもトーラが舞台に立つと、彼女は誰より大きく見え、誰よりダイナミックな軌跡を残した。まるで野生の動物みたいだった。彼女を見ると、ギフト、という言葉が浮かんだ。きっと神様が、彼女に特別な何かを与えたのだと。

アンカレジを離れると、わずかだった「街」はたちまち遠のき、遠くに山並みを望むハイウェイを、ただただまっすぐ進むだけになった。ラジオからはカントリーミュージックが流れ、強い光が車内を斜めに差した。

助手席で日焼け止めを塗っていると、いいにおい、とトーラが言った。

「春に出た新製品だよ。カシスの香りなの。今の時期も紫外線は強いから。」

トーラにパッケージを見せると、

「新商品ばっかり持ってるよね。」

そう言って笑う。だって私はそれを売り込むのが仕事だし、と言いたかったけれど、やめた。ガソリンがぐんぐん減ってゆく。ジープがこんなにガソリンを食うとは思わなかった。ガソリンスタンドは次にいつ現れるだろうか、そう心配するわたしをよそに、

「見て！　なーんにもない！」

トーラは嬉しそうだ。知らぬ間に車は一四〇キロを出している。

マッキンリー山を望むロッジを予約していた。

宿の予約から航空券の予約、レンタカーの手配まで、すべて私がした。苦にはならなかったけれど、九月半ばを過ぎるとアラスカの夏は終わり、ロッジのほとんどがク

ローズするので、探すのが大変だった。

それでも、シーズンオフだからこそいいことがあって、それはやはり人が少ないことだった。トーラはもちろんそのことを歓び、到着したロッジでも、予約がないからとスイートルームに移動させてもらって、歓声を上げていた。

スイートルームはメゾネットになっていた。高い天井まで窓が張られ、そこからは黄金色に染まった樺の木が地面を覆っているのが、そして、その向こうに白く輝くマッキンリーの山並みが見えた。

マッキンリーの正式名称は土地の言葉でデナリという。昔はマッキンリーと言っていたらしいが、元々いた土地の人間に敬意を表してデナリと改めたのだ。

「こんなに綺麗にデナリが見えたのは久しぶりよ。」

宿のオーナーであるメアリーは五十代半ばの大柄な白人女性で、いかにもアメリカのお母さん、という感じだった(大きくて甘いマフィンを焼きそうだ)。

メアリーとの会話は、ほとんど私がした。海外公演によく出かけるから、トーラも英語は出来るはずなのだが、今回はとにかく人と接しないと心に決めているらしい。

初めはトーラにいろいろ話しかけていたメアリーも、やがて微笑んだり首をかしげたりするだけのトーラが英語を解さないと判断したのか、用事があるときは私の目を見るようになった。

「彼女、とてもかわいいわね。」

メアリーはトーラを私の妹か友人かはかりかねている。三十六歳の私のことはきっとそれなりの年齢だと分かっているだろうけれど、二十四歳のトーラはうんと子どもに見えるのだ。特に化粧をせず、踊っていない今のトーラは。

トーラは窓の前のロッキングチェアに陣取って動かない。じっとデナリを見ている。リラックスしているはずなのに背筋がぴんとのびていて、私は改めてトーラを美しいと思った。

夕飯を取るために、車で十五分くらいの街へ出かけた。街といっても、人口八百人の小さな街だ。タルキートナ。植村直己がマッキンリー（その頃はこの呼び名だったのだろう）に登り、消息を絶つ前に滞在したそうだ。植村直己にも登山にも興味がない私たちは、寂れた、という言葉ではアンカレジの四百倍は寂しいタルキートナを、目的もなくぶらぶらした。かろうじて開いていた土産物屋に何軒か入ってみたけれど、印象に残ったのは店中に飾られたグリズリーやムースのはく製だけだった。

レストランも数軒しか開いていなかった。メアリーおすすめの店に向かうと、数少ない街の滞在者がすべて来ているのではないかと思うほど混んでいた。驚くほど太った人、山に登る人間だとすぐに分かる屈強な肉体の集団。地元の人間は一様におかしなタトゥーを入れていた。スキンヘッドの後頭部にはねるイルカ、二の腕に漢字で「痛苦」、首筋にキスマーク。似ていないジュリア・ロバーツが腕に入っている男もいる。

「人がたくさんいるけど、平気?」

トーラに聞くと、

「なんか人って感じがしないから平気。」

そう答えた。ものすごく失礼なことを言っている気がして笑った。

日が暮れたのは八時頃だった。バスタブに湯を張り、順番に入った。ベッドが小さかったので、私はメゾネットの上階で、トーラが下で眠った。アンカレジからほぼ眠らずにここまで来たので、私はぐっすり眠ったけれど、明け方、眠れないと言って、トーラが私のベッドに入って来た。

ロッジには二泊した。その間会ったのはメアリーとアラスカ在住の五人連れの家族、コロラドから来た夫婦だけだった。朝食を皆で一緒に取った。期待はしていなかったけれどフレッシュなサラダはないし、塩辛いベーコンとぼそぼそとしたスクランブルエッグは一口だけで食べる気が失せた。それでもメアリーが見ているので無理に口に入れる私の横で、トーラはゆうゆうとヨーグルトをひとつだけ食べ、皆の会話にも参加しなかった。

皆に職業を聞かれ、自分がやっていることを答えたが、そのときもトーラは何も言わなかった。私は彼女が有名なダンサーであることを言いたかった。舞台の上でどれほど輝くか、どれほど美しいか言いたかった。でもトーラは、薄く微笑んでいるだけで、英語が出来ないフリをやめなかった。

チェックアウトのとき、フェアバンクスに向かうと言うと、メアリーにチェナという温泉を薦められた。

「この天気だと、きっとオーロラが見えるわよ！」

オーロラ。夏が終わったアラスカに来る日本人の目的は、ほとんどがそれだろう。国立公園がクローズし、野生動物も見られないとなると、オーロラを見ることが旅の目的になるのは当然だ。トーラみたいに「心がない場所」としてアラスカを認識している人はいないだろう。

メアリーは熱心に色々なことを教えてくれた。九月から十月は比較的暖かいのでオーロラを待つのに適していること、チェナがフェアバンクスから車で一時間ほどの場所にあること。でも、トーラはオーロラと言われてもピンと来ていないようだった。とにかく何もないハイウェイを走りたい、それだけを考えている顔をしていた。実際トーラはある瞬間一六〇キロを出した。アラスカにだって警察はいるし、スピード違反は重大な犯罪だからたしなめたけれど、とにかく嬉しそうなトーラを見ていると、私も嬉しかった。

時々、ほとんど廃墟に見える大きな建物が見えた。でもよく見るとそこは日本でいうところのパーキングエリアで、水を買ったり、ガソリンを入れることが出来た。キャントウェルという街では、本当に廃墟のホテルを見た。雪のドーム型のホテルは急に視界に現れ、朽ち果てた姿をさらしていた。

「見た?」

「見た、あれ絶対に幽霊いるよね?」

「いる、絶対いる。ケイ、お塩出して。」

私は助手席から、トーラに塩をかけなければいけなかった。日本の塩がアラスカの幽霊に効くかは分からなかったけれど、トーラは真剣だった。舞台でも、始まる前に塩をまいたり、セージの葉っぱを燃やしたりするので、他のダンサーが嫌がるのだという。

「ああ、なんか忘れられない。」

実際、そのホテルは、いつまでも記憶に残った。アラスカの荒野に建つ、朽ち果てた孤独な雪のホテル。

五時間半ほどの行程を経てフェアバンクスが見えたときは、だから随分都会だと思った。少なくとも人が生き、住んでいる場所だった。ここからさらに一時間のドライブだ。トーラは疲れていなかった。このままだったら、車で世界を一周するとでも言いそうな勢いだ。

温泉までの道はムースやトナカイが頻繁に出没すると聞いたが、出逢わなかった。

いたるところで「no hunting」の看板が立てられている。私はこの旅行で立ち寄った店々で見た、様々な動物の剝製を思い出した。一度だけ、驚くほど綺麗な尻尾を持った狐が、道路を横切ってゆくのを見た。そしてたくさんのリスも。リスは踊っているように走った。雨粒がはねるみたいに。トーラに似ている、そう思ったけれど言わなかった。

チェナ温泉は、日本と同じような硫黄のにおいがした。懐かしかった。

トーラと出逢って一週間ほどしか経っていなかった頃、私たちは群馬の山奥の温泉に行った。トーラに急に誘われたのだ。パーティーで連絡先を聞かれてから、トーラは毎晩電話をかけてきた。そしてある日、我慢できなくなったように、「週末休めない？」そう聞いてきたのだ。

そのときも、レンタカーを運転したのはトーラだった。トーラは随分はしゃいで、山道で時々ハンドルを切りすぎた。私はそのたび大声を出したけれど、私自身もはしゃいでいた。

羽虫の大群が飛ぶ敷地を歩いて、私たちは予約したロッジに向かった。外は寒かったけれど、ロッジ内は地熱で温められているのか、熱すぎるほどだった。額に汗をかきながら荷ほどきをして、ふたりで温泉に向かった。

こども用の水着を着たトーラは、目が合う人目が合う人に遠慮がちに微笑まれていた。アラスカで会った人は皆そうだ。シャイだけど優しい。でも、皆トーラには特別な愛情を持って接しているように思えた。

大きな温泉の真ん中では、水がシャワーのように吹き出していた。中国人が五人ほど陣取ってはしゃいでいる。みな、上半身の皮膚が見えないほど墨を入れていた。他の白人たちは一様に静かで、水を飲みながら忍耐強く温泉内を移動していた。この人たちが大きなムースを、グリズリーを撃つとは、とても思えなかった。

ここには二泊する。オーロラを見るチャンスが二回あるということだ。フロントで、敷地内でも見ることは出来るが、山の方に行ったところに小屋があるので、そこで待つといいと教えてもらった。でも長い運転でさすがに疲れたのか、トーラは早々に眠ってしまった。私は一応、オーロラが見え始めるという十二時まで起きていた。

オーロラは必ず北の空から現れる。だからノーザンライツというのだ。でも、北の空には厚い雲が滞在していて、なかなか動きそうになかった。時々外に出てみたけれど、小屋まで行く気はしなかった。二時まで粘って、私も眠った。

翌日の晩もトーラは早々に眠ったけれど、十二時を過ぎる頃には起きてきた。

「オーロラ見たい？」

そう聞くと、返事のようなそうでないような声が返って来た。それでもありったけの服を着ている私の真似をして、トーラものろのろと着替えた。見に行く気はあるのだなと思った。ロッジを出ると、北の空はやはり曇っていた。トーラのやる気が削《そ》がれるのではないかと思って、

「雲の間から見えることもあるらしいよ。」

そう言ったけれど、トーラは返事をしなかった。そもそもやっぱり、トーラがオーロラを見たがっているのかも分からなかった。

建物の裏の山道をゆくと、本当の暗闇が現れた。ナイロンのジャケットがこすれる音がする。見上げると星が信じられないほど瞬いていたが、それは東の空だった。

その頃からトーラが元気になってきた。一歩先も見えない暗闇で、トーラは私と繋いだ手に力をこめて話し続けた。

「一度舞台を真っ暗にしたかったの。本当の本当の暗闇に。でも、ならないんだ。ど

うやってもどこかに小さな光源があるんだよね。」

私は急にグリズリーが現れたりするのではないか、道路で出逢えなかったムースに突進されるのではないかと気が気ではなかった。アイフォンの灯りだけでは、この暗闇には対峙出来そうになかった。

五分ほど歩くと、小屋が見えてきた。暗闇にぼうっと浮かんでいる。私は廃墟になったあの雪のドームを思い出した。建物はガラス張りになっていて、どうやら誰もいなかった。トーラははしゃいで扉を開け、迷わず奥に進んだ。

「見えるの?」

私には、灯りのない小屋はまだ真っ暗なままだった。トーラは、

「見えないよ、でも大体わかる。」

そう言って、テキパキと置いてあった椅子を並べた。急に頼もしくなったトーラと並んで座ると、痛いほどの静けさがからだを刺した。

北の空は絶望的に曇っていた。こんなに厚い雲だったら、途切れることはないだろう。風もない。目が慣れだした数分でもうあきらめかけていたけれど、まったく関心のなかったトーラのほうが、かえって熱心にオーロラを待った。

「オーロラ、出てくれるかな。」

寒さは堪え難かった。本当にただ「オーロラを待つためだけの小屋」には、暖房も何もなかった。

「寒くない？」

「寒いよ、でも寒くないとオーロラなんて出てこないよ。」

脂肪のほとんどないトーラの方が寒いはずだったけれど、トーラは私を励まし、からだをごしごしとこすってくれた。

「雲が薄くなってきた気がするよ、ほら。」

一時間経ち、二時間経っても、雲は薄くならなかったし、動きもしなかった。あるいはトーラの目には微細な雲の動きが見えているのかもしれなかったけれど、オーロラはどう考えても現れそうになかった。悔しかった。旅の目的ではなかったオーロラを、いつの間にか私たちは何かの徴のように考えていた。

芯から冷えたからだを、私も強くこすった。トーラに帰ろうと言った。トーラは私を引き留めた。

「ねえ、見れるかもしれないよ。」

ほとんどせがむような声だった。

結局オーロラを見ることが出来ないまま、私たちはチェナを後にした。帰りはフェアバンクスの空港に車を乗り捨てることになっている。日本のレンタカーのようにガソリンを満タンにして返せとは言われなかったけれど、一応スタンドに寄ることにした。

フェアバンクス市内のスタンドには、小さなカフェが併設されていた。昼前に起きてすぐにチェナを出たので、私たちはそこでコーヒーを頼んだ。期待していなかったけれど、思いのほか美味しいコーヒーを飲みながら、私たちは無言だった。昨晩の熱心さが嘘だったかのように、トーラはぼんやりした目で外を見ている。

目の前に大きなトラックが停まった。中から真っ白い髪をした老人が降りてきた。トナカイの絵が描かれたベースボールキャップをかぶり、カモフラージュ柄のサスペンダーをして、煙草をくわえている。きっとトランクには猟銃が入っているのだろう。アラスカではよく見たけれど、日本ではとても見ないタイプの人間だ。彼は私たちのようにコーヒーを頼み、私たちの近くに腰を下ろした。

「中国人か。」

低い声だった。トーラは今日も英語が分からないフリをするつもりなのだろう、前を見たままだった。

「日本人です。」

「オーロラを見に来たのか。」

ぶっきらぼうだったけれど、嫌な感じはしなかった。

「はい。」

正直なことを言う必要もないだろう。アラスカの人たちはきっとオーロラを誇りに思っているのだから。

「でも、見れませんでした。」

「そうか。」

男はコーヒーをすすり、煙草をふかした。帽子を脱いだ頭は禿げあがり、右手の小指の爪がつぶれている。

「それは残念だったな。」

それ以上会話は続かず、なんとなく気づまりになった。ちらりとトーラを見ると、相変わらずぼんやり外を眺めている。美しかった。

「オーロラ、また戻って来てくれるといいんですが。」

沈黙を埋めるためにそう言った。でもそれは嘘ではなかった。オーロラがまた戻って来てくれるなら今度こそ見たいと、強くではないが本当に思った。

「オーロラは、」

男が静かに言った。

「戻って来ないよ。」

咎められたような気がして男を見ると、男はかすかに笑っていた。

「オーロラはいつも生まれ続けているんだ。戻って来るんじゃない。」

驚くほど優しい眼をしていた。

「戻って来るのはあんただよ。」

彼は「you」と言った。だから「あんたたち」と言っているのかもしれなかった。戻って来るのはあんたたちだよ、と。というより、きっと私たちふたりのことを言っていた。でも私は私に、私だけに言われているような気がした。

「戻って来るのはあんただよ。」

からだを何かに貫かれた。

私はここに戻って来る。戻って来て、そしてまたオーロラを待つ。

そばにトーラはいないだろう。

私たちの間に、もう恋はない。少なくともトーラは私に、もう恋をしていない。でも、恋の代わりに、穏やかで、愛着のある時間が生まれ始めていた。離れがたい、あたたかな毛布のようなふたりの関係を終わらせるようなきっかけが、この旅にあっただろうか。

返事をしない私を置いて、男は席を立った。私たちに軽く手を振って、コーヒーを持ったままトラックに乗りこんだ。彼はずっとこの土地にいるはずだ。私たちが見なかったムースやヘラジカやグリズリーのように、この土地に根を下ろし、日本のことなど、私たちのことなど一度も考えることなく生きてゆくのだろう。それは私の望んでいることでもあった。私は彼に、彼らに、私たちのことを忘れてほしかった。忘れて、ただ生きていてほしかった。

「戻って来るのはあんただよ。」

大げさなエンジン音と、黒い煙を残して、トラックは走り去っていった。トーラが隣で、小さなため息をついた。私は自分のからだを貫いたものが何なのか、私に起こったことが何なのかを、静かに考えていた。

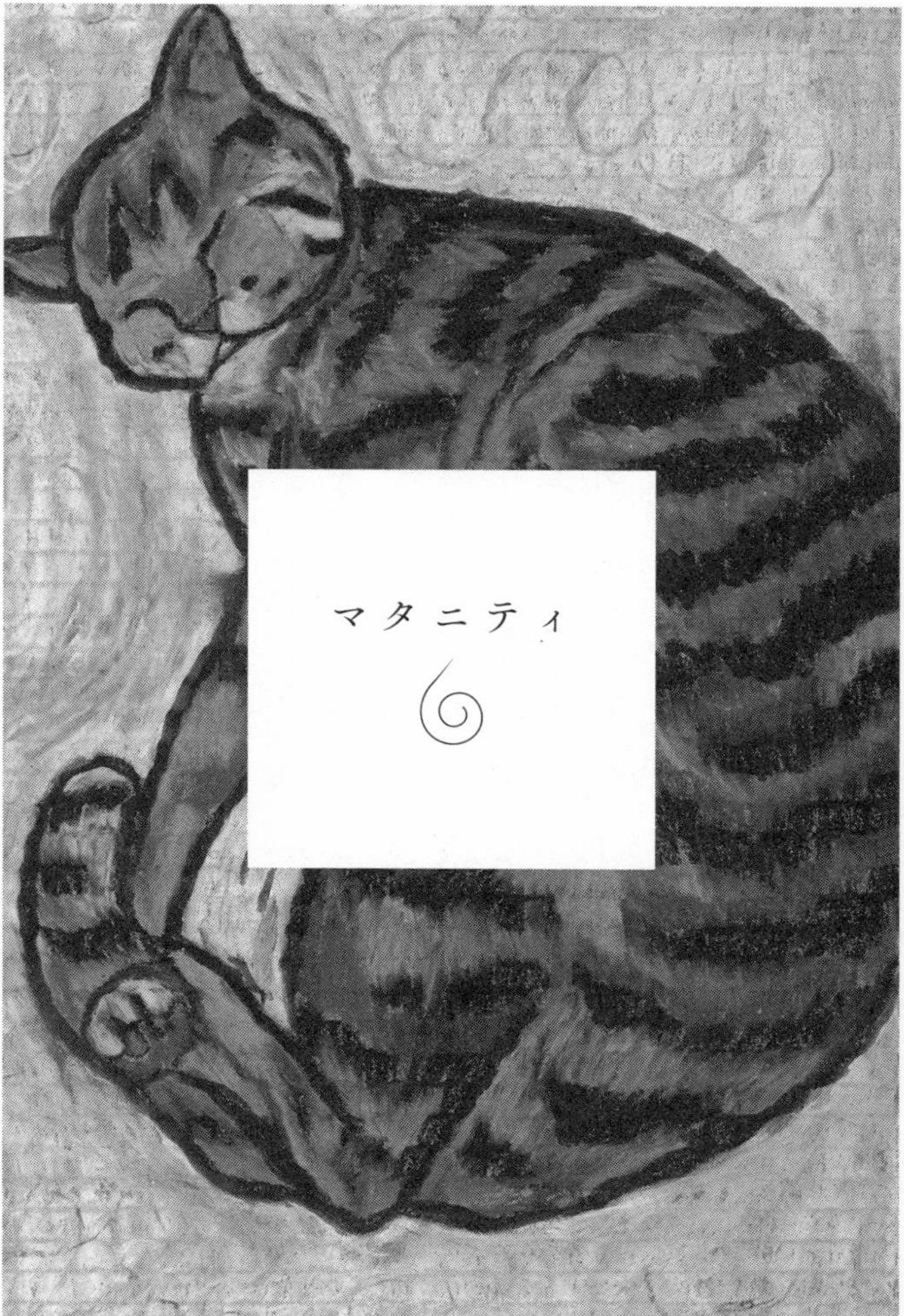

マタニティ

うっすらと現れた青い線を見たときは、どうしたらいいのか分からなかった。いや、どうしたらいいのか、ではない。どう思ったらいいのか、だ。どう思ったらいいのか、なんて変だ。自分の感情なのだから。思おうとするのではなく、もう先に思ってしまう、それが感情というもののはずなのに、でも、本当に私は分からなかったのだ。どう思ったらいいのだろう?

夢見ていた瞬間のはずだった。少なくとも、喜ぶべき瞬間のはずだった。でも、青い線を見た刹那、しばらく筋肉が止まった。絶対にこんなふうに例えるべきではないけれど、陰毛に白髪を見つけてしまったときのような、そんな感じだ。ここまできた、後に戻れない。いや、本当にそうなのだろうか。私は、どう思っている?

子どもが出来た。

遅れてやってきたのは恐怖だった。自分のからだに命が宿ったという原始的な喜びよりも、どうしよう、と先に思った。

子どもはいつか欲しいと思っていた。それはもう、三十を過ぎたくらいからずっと思っていた。仕事に追われ、あっという間に三十八歳になって、妊娠するには困難な年齢にさしかかったことも知っていた。言いようのない焦燥感で眠れない夜を過ごしたこともあったし、卵子を凍結しておこうかと真剣に考え、近くにある生殖医療科を調べたこともあった。

待望の子どもだ。私の子ども。

でも私は、下着をおろしたまま、トイレでしばらく呆然としていた。


彼と出逢ったのは四カ月前だ。同僚との飲み会に、関係のない彼も来ていた。

「独身の男を連れてきましたよ！」

徳永亮平という彼を連れて来たその同僚、田端は、私たち独身の女三人に高らかにそう宣言した。三十二歳の田端はすでに結婚していて、三人の娘がいた。

「大学の同級生です。なんとすでにバツイチなんですけど、この年になったら皆さんそんなこと気にしてられないですよね？」

いったい田端という男は、こういう男だった。つまりデリカシーがなかった。当時三十八歳になったばかりの私を筆頭に、三十七歳、三十六歳とひとつ違いの独身女性三人を前にして、お前らは相手の離婚歴なんてすでに「気にしてられない」くらいのレベルなんだぞ、と宣言してしまえるほどに。

ムカついた。

それはみんなも同じだっただろう。でも私たちは、突然現れた徳永亮平の存在に完全に舞い上がってしまった。

ハンサムではなかった。でも、好ましい清潔感があった。医療系の出版社に勤めていると言った。鼈甲《べっこう》の丸い眼鏡をかけ、ツイードのジャケットを着て、ゆるくパーマをあてていた。「医療関係イコール固い職業」と思っていた私からすれば、ずいぶんお洒落に見えた。

「よくこんなのが残ってたでしょ？　でしょ？」

田端はとことんやかましかったけれど、確かによく「残っていてくれた」と思った（どうして田端なんかと友達なのだろうと思ったけど言わなかった）。バツイチだというのも、気にならなかった。

私たちは次々にトイレに立ち、さり気なく化粧直しをして席に戻った。おのおののチャームポイントを控えめに披露し、他のふたりを褒めることも、そして田端をフォローすることも忘れなかった（みんな大人なのだ）。グループラインをこしらえ、当たり障りのないやり取りをし、もちろん後に個人的にメッセージを送った。グループラインで見ている限り、馬鹿みたいな絵文字やスタンプは誰も使っていなかったけれど、個人的に送るラインでは、ある程度親密で、そして若々しく見えるスタンプを送った。他のふたりもそうだろう。

彼の心を摑んだのは、なぜか私だった。

いや、なぜか、なんて嘘だ。めちゃくちゃ努力した。歯石を取りに行って歯茎から血を流したし、肌だけではなく年齢が出る髪の毛や爪も徹底的に手入れした。ふたりで会う機会を作り、ユーモアのある会話をするよう心がけ、彼の話にも熱心に耳を傾けた。六つ年上として「頼りになる女性」を演出し、でも無邪気なところも忘れないように見せた。

でも、それ以上の決定打は、猫だった。知り合いからもらい受けたキジトラの猫だ。

「独身女性が猫を飼うと終わり」的なことは、分かっているつもりだった。責任のある仕事をしているし、生きものの面倒なんてみられるのだろうかと不安もあった。でも私はその猫をもらい受けた。犬と違ってある程度放っておいても大丈夫、二泊くらいならお留守番できるようになる、と言われたのも大きかったけれど、結局は彼（モイと名づけた）の魅力に抗えなかったのだ。

連れてきて三日ほどは、母親が恋しいのか鳴き続けた。こんな小さな体のどこにそんな力が、と思えるような大きな声だったので、私は風呂にもろくに入らずモイのそばにいた。近所迷惑になるのが怖かったのだ。もうだめだ、これ以上鳴かれたら頭がおかしくなりそうだ、そう思った四日目、モイは観念したのかぴたりと鳴きやみ、私の膝の上に乗って来た。安堵のあまり今度は私が泣いた。

モイのことを告げると、彼の態度が俄然前のめりになった。

「猫？　猫がいるんですか？　キジトラ？　男の子？」

猫アレルギーだったらこの関係は終わりだ、そう思っていたから、彼の興奮は嬉しかった。結局彼は「モイくんを見たい」と勢いづき、そのまま家に来て、結果なだれこむように関係を持った。

彼から「おつきあいしましょう」と言われたのは翌朝だ。彼の膝にちんまり座っているモイに「グッジョブ！」と言いたくなったし、実際彼が帰った後は高級な乾燥ささみを与えた。嬉しくて幸せで天にも昇るほどの気持ちだったけれど、夜が更けてくるにつれ、とてつもなく不安になってきた。

「彼は私のことが好きなのではなくて、モイに会いたいだけでは……？」

小さな頃から、私はいつもそうだった。嬉しいことがあると、それと同等の悪いことを考えて不安になる。

難関高校に合格したときは喜びの後に「勉強についてゆけるのだろうか」と不安になったし、今の会社に転職出来たときも、「過大評価されていたらどうしよう」と震えた。大抵はその不安を努力で覆して来たけれど、こと恋愛だけは努力だけではどうしようもなかった。大学生の頃など、恋人のことが好きすぎて、そして恋人に同じ熱量で愛されていることに「この幸せが続くわけがない」と怖くなって、熱量を分散させるべく無駄な男と浮気したことすらある。それが原因で彼にふられてしまったのだからワケが分からない。

この性格は母に似た。母は一貫してネガティブな人だった。

何かいいことがあっても喜ぶことはせず、まず「でも……」と否定的な意見を言った。小学校のテストで私が満点を取ったときも「女の子で頭がいいっていうのもねぇ……」と眉をしかめ、弟がいわゆる優良な外資系に就職が決まったときも「外国の会社なんて大丈夫なの……」と愚痴を言った。父に対しても終始そんな態度で、結局父は六十四歳のとき肺がんで死ぬまで、母の心底喜ぶ顔を見たことなんてなかったのじゃないだろうか。

私は母のこういうところが大嫌いだった。一度でいいから大声で「やったー!」と言ってみろよ、そう思っていた。

でもその忌むべき性質は確実に自分に引き継がれているのだった。

彼との時間は本当に幸せだった。

四人兄弟の三番目という責任のないポジションとして育ったからか、とても鷹揚なところがあって優しかった。私のことも、もちろんモイのことも大切にしてくれたし、会えないときはマメに連絡をくれ、出張に行けばモイと私にお土産を買ってきてくれた。

でも、彼が素晴らしい人であればあるほど、「じゃあどうしてバツイチなんだ？この若さで？」と考え、そもそもやっぱり田端みたいな下衆《げす》な男と友人関係にあること自体が怪しいといぶかり、そしてその数秒後にはＤＶ、借金、重婚、詐欺など、ありとあらゆるネガティブな想像をして吐きそうになった。探偵を雇うのを我慢するのに多大な努力を要したほどだ。

そう、努力だ。

努力で覆るなら、私はなんでもするつもりだった。今までだってずっとそうしてきたのだ。

鷹揚な女性になりたい。結婚を焦りたくない。彼にプレッシャーをかけたくない。でもそうなろうと努力すればするほど、肩やこめかみに力が入った。そんなときうっかり鏡を見ると、私はぞっとするほど母に似ているのだった。

いっそ先に妊娠してしまえばなしくずし的に結婚に持ち込めるのではあるまいか、実はそう考えたこともあった。一度ではない。そんな考え方の女にだけはなりたくなかった。そもそも「結婚に持ち込む」だなんて。結婚をゴールだと思うような女にも、パートナーに結婚してもらうと思うような女にもなりたくなかった。もっとポジティブで、自分に自信があって、自立していて、何よりいろんな幸せを幸せのまま受け止められる女になりたかった。

妊娠検査薬を買ったのは、生理が遅れて一週間ほど経った頃だ。毎月、自分の性格がそのまま表れたようにぴたりとくる生理が一週間も遅れるなんてただごとではなかった。ネットで調べたので、一週間では結果がまだ出ないことの方が多いと分かってはいたけれど、どうしても待てなかった。

そうしてトイレで、私は呆然としているのだ。

うっすらと青いラインが浮かんだ妊娠検査薬が、この白い棒が、自分の運命を変えた。

恐怖と共に思ったことは、「排卵日を計算して、意図して子どもを作ったと思われたらどうしよう」だった(なし崩し的に子どもを作ってしまえば、と思ったこともあったというのに!)。優しい彼はそうは思わないかもしれないけれど、他のふたりはそう思うだろう。他のふたりというのは、彼を事実上奪い合ったあのふたりだ。彼女たちにはまだ彼とおつきあいしていると言っていなかった(もちろん田端にもだ、彼には「恥ずかしいから田端君には言わないで」と言っていた)。それぞれさりげなく牽制しあっていたけれど、折よくプロジェクトチームの変更があって、会社でも彼女たちとあまり会わなくなった。それぞれが個人でラインを送るようになってからは、グループラインはまったく鳴らなくなり、だから彼女たちとも連絡を取っていなかった。

私が妊娠したと知ったら。

そんなことまで考えてしまう自分にぞっとした(そもそも彼とこのような関係になれたことはこれ以上ない幸せなのに、あの田端に紹介された男と付き合うことの恥ずかしさすら、私は感じていたのだ!)。命の誕生を喜ぶより前に周囲からどう思われるか、そんな下卑《げび》たことを考えるなんて、自分は母親としてどうかしている。

母親。

急にその言葉が重みを持った。

そうだ。子どもが出来たということは、私は母親になるのだ。

下着をあげる手が震えた。検査薬が床に落ちても拾えなかった。こんな私が?

母親というのは、もっと崇高な存在だと思っていた。からだの中に命が宿るという神秘を経験したら、女は自動的にその神秘に寄り添った人間になるものだと思っていた。

世界に流通している「母親」のイメージはおしなべてそうだ。ぽっこりと出たお腹を撫で、女神のような表情で微笑んでいる女性、あれこそが「母親」なのだとテレビが、広告が、芸能人のインスタグラムが宣言している。自立した女性として、対外的には「そんなことおかしい」、「母親のイメージは作られたものだ」、そう怒ってきたけれど、それでも私自身、そのイメージをどうしても払拭出来ずにいたし、だから「妊娠を隠してトイレでひとり出産、子供をトイレに置き去りにする」ような母親は、正直悪魔だと思っていた。

でも今私は、「女神的な母」にも、「悪魔的な母」にもなれない、言うなればもっとショボい「下衆な母」という、何より見ていられない状態なのだった。

「計画的に妊娠したと思われたらどうしよう」？

なんだそれは！

今この状況で、そんな風に考える自分は、なんておぞましいのだろう。

ネットで自分と同じようなことを考えている人間がいないか探したかった。けれど、そう思うことそれ自体もおぞましいことだと考え直してなんとかふみとどまった。

いや、実際は怖かった。

そういう「母親」に対して浴びせられる世界からの罵詈雑言《ばりぞうごん》を目にすることが、これ以上ないほど怖かったのだ。

以前、友人の結婚式に着ていく服に迷った。水色のドレスにしたかったけれど、背面が白なので、白がNGの結婚式のマナーに抵触しないか調べた。「結婚式　服　背面　白」で検索すると、私と似たような悩みを持った女性が質問サイトで質問していた。ほっとしてクリックすると、飛び込んで来たのは「常識知らず」「信じられない」「目立ちたいだけ」「無知」などの刃のような言葉たちだった。

『好きな人の子を妊娠しましたが、つき合い始めたばかりで結婚も決まっていません。相手や周りの人に計画的に子どもを作ったと思われたら嫌だなと焦っています。どうしたらいいですか？』

そんな質問に好意的な答えが返って来るわけがないのだ。だって私自身、こんなことを初めに思う自分をおぞましいと思ったのだから。パソコンを開かなくても分かる。私はズタズタに切り刻まれるだろう。そしてその傷を、誰も癒してはくれないだろう。

誰も。

眠れないままに朝を迎えると、彼からメールが入っていた。

地方の医師への取材が重なって、なかなか会える時間が取れない、という文面だった。

『ごめんね。モイくんに会いたいなぁ。』

いや、良いタイミングだったといっていいのかもしれない。

彼はやっぱり、私といたいのではなくて、モイと一緒にいたいのだ。

猫が好きな人は子どもも好きだろうか。犬好きと違ってどうしても想像がつきにくい。モイは猫にしては甘えん坊だし、人見知りもせず愛らしい性格だけど、人間の子どもとはまるっきり違う。手間も金もかかり、重い責任がのしかかる「子ども」という存在を、彼は喜ぶのだろうか?

私自身猫は好きだけど、正直モイが鳴きわめいた三日間は思い詰めるところまでいった。トイレを覚え、清潔な猫だから暮らしてゆけるけど、今でも時々グラスや花瓶をモイに落とされると大声でわめきたくなる。

人間の子どもなんて、もっと恐ろしい。不潔だし、わがままだし、驚くほど残酷なところがある。なのに「自分の子ども」は欲しいと思うのだから、自分の気持ちが分からない。これは、社会にそう思わされているだけなのだろうか。女性は妙齢になったら子供を欲しがるものだと、幼い頃からあらゆるものにインプットされた結果なのだろうか。その証拠に、今の私の中には「母性」のかけらも見つからない。

あるいは子を宿している十月十日の間に母性が芽生えるのだろうか。芽生えなかったらどうしよう。無事出産した後も、他の大勢の子どもに対する気持ちと同じように、「不潔でわがままで残酷で手間も金もかかる」存在だと思い続けることになったらどうしよう。モイに思ったような思い詰めた気持ちになったらどうしよう。

彼に報告する前に、自身で覚悟を決めるべきだ。産むのか、産まないのか。

そこまで考えて、またぞっとした。自分には「産まない」という選択肢なんてないのに。

年齢のことはもちろんあった。けれど、自分の腹の中に自分の子がいるという現実が、抗いようもなく私を支配していた。宿った、というよりは襲い掛かられた、と言ったほうがしっくりくる。もう逃げられない。もう後戻りできない。

唇が渇いて仕方なかった。舌で唇を舐めると、カサカサとめくれた皮がみじめだった。指でこすったら血が滲んだ。

それからの私の不安定さといったらなかった。

昼間はまだ良かった。仕事があったし、一瞬でも妊娠のことを忘れられるときはあった。日の当たるカフェでランチなどしていると、なんだか自信のような感情がむくむく湧いてくることもあった。「大丈夫、彼もきっと喜んでくれるわ」的な。「素敵な家族になれそう」的な。そしてそうではない驚くべき自信も、浮かんでくることすらあるのだった。

「もし彼が躊躇したって、この子をひとりで育ててみせるわ！」

こういう感情は唐突に湧いてくる。そしてそういうときは、必ず腹に手を当てている。カフェの中で、会社に帰る道で、私は微笑んですらいる。荒々しく、勇ましく、まさに女神のような自分に、束の間私は安心する。ほら、私だって「母親」になれるじゃないかと。

でも後に、その感情は天気と連動していることが判明した。

つまり、雲一つない晴れの日であれば、私の心も晴れ、「彼も喜んでくれる」的、「ひとりで育ててみせる」的ポジティブさ（私にはほとんどないもののはずなのに）が顔を出す。けれど、曇り始めると私の心も曇り（それが大体私のデフォルトの感情と合っていた）、雨の日などは不安で不安で仕方がなくなった。そしてそんな日に限って「例のふたり」と田端がちょくちょく私のフロアを訪れるので、私はそのたび身を隠すようにトイレに駆け込むのだった。

タチが悪いのは夜だ。

どんなに晴れていても、月が綺麗でも、夜にポジティブなことを考えるのは不可能だった。

映画を観ていても、本を開いていても、料理をしていても、頭の中は「そのこと」しか考えられなくなる。

「私は母親になれる？」

「彼は喜んでくれる？」

「ちゃんと育てられる？」

いくつもの「そのこと」が浮かんで、結局自分がどれに悩んでいるのか分からなくなったし、最終的には「なんか分からないけど怖い」という感情に苛立って、怯え、パニックになった。そういうときに絶対にしてはいけないのがネット検索なのに、分かっているのに、結局私はパソコンに手を伸ばしてしまった。

最初は単純に「妊娠」と検索した。「女神的母親」のイメージと「悪魔的母親」のイメージが混然一体となった世界だった。私はそれらを見るともなく見て、つまり「何かを解決する」という意思を持つわけでもなく、その混乱した世界にただただ身を投じた。自分より混乱している渦の中にいると安心するのかもしれなかったけれど、もちろんそんな安心は長く続かず、私はたちまち「母親になることへの不安」という奔流に巻き込まれた。

ネットの中にはありとあらゆる不安があった。

ちゃんと産むことが出来るのか、環境の変化に対応出来るか、金銭的なものや夫の幼稚さ、流産するかもしれない恐怖に、母親との不仲、誰にも頼れない不安。

個人的につづったブログがたくさんあったけれど、中には誰が作ったか分からない、ただただ「怖がれ！」と訴えているだけのようなサイトもあった。すべてに関して不安な私は、かえってそれらに鋭角の傷をつけられることなく、鈍く不安を増した。

そうしたらもうすっかり傷つくことに麻痺してしまって、『相手や周りの人に計画的に妊娠したと思われたら』云々の不安を探そうとしていた。ぴたりと同じものはなかったけれど、「彼にまだ言っていない」「思いがけない妊娠」的な悩みはあって、それに対する回答は刃どころか、大鉈で首をばっさり斬り落とそうとしているようなものばかりだった。

『無責任』『最低』『理解不能』『人殺し』

中で一番多かったのは「子どもがかわいそう」という言葉だった。

『あなたみたいな人のところに宿って、子どもがかわいそうですね。』

この言葉は鈍かった私の痛みを徹底的にえぐり、めくり、ちぎった。

子どもがかわいそう。

それはどこかで自分も思っていることだった。『中絶　時期』とキーを打ったときは、はっとしてお腹に触った。そしてすぐに手を離した。こんな「母親的」行為をする資格は自分にはないのだと咄嗟に思った。

産むと決意したとしても、すでにこんな検索をされてしまっている子どもを、私のような人間が幸せに出来るわけがない。

子どもがかわいそう。

そうだ、この子はかわいそうだ。かわいそうな子だ。涙が出てきたけれど、泣く資格もなかった。こんな私の腹に宿ってしまって、この子は。

午後から半休を取って病院へ行った。

駅から二駅行ったところに大きな総合病院がある。小さな産婦人科よりもなんとなく気がまぎれるように思って、そこに予約を取った。

もしかして妊娠していないかもしれない。青い線はうっすらとだったし、最近忙しかったし、ストレスで生理が遅れるとよく聞く。電車の中で自分にそう言い聞かせていたけれど、妊娠していなかったときのことを考えてとてつもなく悲しくなった。自分はなんて勝手なのだろう、ここにきてまだ自分の気持ちを摑めない。私は、どうしたいのだろうか。

電車が揺れた。咄嗟に吊り革につかまった。妊娠したら満員電車には乗れないな、とぼんやり思って、そんな自分をまた恥じた。

平日の午後だからとタカをくっていたけれど、婦人科外来の混みようはすさまじかった。十四時半の段階で取った番号カードには「107」とあった。広い待合はお腹の膨れた女性、私のように半休を取って来たのだろう女性、そして母親くらいの年齢に見える女性などで溢れていた。

　お腹の大きな女性と母親のような女性は度外視して、私は「私のような女性」のその表情に「女神的な」気配がないか、あるいは「悪魔的な」気配が、そして何より望んでいる「下衆い」気配が漂っていないか探った。

　妊娠だけで来ているとは限らないのに、そんな風に思う自分がもちろん嫌だった。そうして自分を嫌だと思うたび、自分の体が黒い毒のようなものにじわじわと浸されてゆくような気がした。目をつむっても、その毒は止まらなかった。

　私のからだはもう母体なのだろうか？

　そしたらこの毒はもう、胎教に悪いのではないだろうか？

　婦人科を予約したときから、不思議と胸が張っているような気がしていた。生理が遅れてもう十二日、誰にも相談しないまま今日まで来た。母親なんて論外だった。結婚の報告もしていないのに、妊娠を告げたときの母の表情や、眉間の皺は、見なくても想像出来た。

自分はこのまま誰にも頼れない母親になるのだろうか。

やっぱり母親になんてなれない?

だって私は、こんなに。

こんなに。

たまらなくなって顔をあげた。何を見るのも辛くて目を泳がせると、テレビがあった。待合に置いてある、大きなテレビだ。画面を見ている人もいるし、うつむいている人もいて、ただテレビの音声だけが響いている。この音に気付かなかったのかと驚くほど大きな音だけど、誰も気にしていない。

「こういったアメリカの強硬政策についてゆこうとする日本なんですが、若鷺さんはどう思われますか?」

昼のワイドショーのようだ。咄嗟に「嫌なものを見た」と思う。無意識にリモコンを探したけれど、もちろんそんなものはなかった。

「え、あの、僕に聞きます?」

コメンテーターたちが笑っている。司会者もふざけてあなたに質問したのだ、という姿勢だ、へらへら笑って「さあ」と、答えを待っている。

「いや、あのう、そもそもなんですけど……」

答えているのは、若鷺という男だ。かつてスターサッカー選手として華々しい成績を残したけれど、後に覚醒剤に手を出して落ちるところまで落ちた。

「お、若鷺さんお答えになるんですね⁈」

再び皆が笑う。若鷺はすっかり肥え太り、全盛期の光は見る影もなかった。

こんな男が「復帰」出来るのだから、芸能界は信用出来ない。開き直ったキャラで再ブレイク、ということらしいけれど、テレビに出る度に不用意なことを言って炎上する、いわば炎上商法だけで生きているような男だ。糞みたいだなと思うし、屑みたいだなと思う。つまり人間として認められない。見ると嫌な気持ちになるので、私はこの男が映るといつもチャンネルを替えていた。

「ニッポンを取り戻すとかメイクアメリカグレイトアゲインとか言うけど、そもそもなんでそんな強くないといけないんですかね……」

周りを見回すと、やっぱり誰も気にしていない。こんな番組こそ、こんな男こそ胎教に悪いのではないかと思うけれど、「母親的母親」は、そういったことも気にしないのだろうか？　そういえば何人かが見ている雑誌はえげつないゴシップ系週刊誌だ。

「日本もアメリカと同じように、国力国力っていうけど……、弱い国として細々と暮らしていっちゃだめなんでしょうか？」

今日もこの男は糞だ。オリンピックに向かって士気をあげようとみんなが努力している中で、弱い国でいいなどと言う。それは努力出来ない人間の言い訳に過ぎない。こういう輩が私は一番嫌いだった。ろくに努力せず、「そのままの自分」を認めてほしがる。現役時代の努力なんて帳消しだ、今現在努力を放棄した人間は、やはり「今現在」から振り落とされるべきだ。テレビはどうしてこんな男を使うのか？

「弱いことってそんないけないんですか？」

でも、目を逸らすことが出来なかった。

病院だからじゃない。公共の場所だから、チャンネルを替えたりテレビを消すことが出来ないからじゃない。

「弱い人間でも生きていけるのが社会なんじゃないんですか？」

私は若鷺から目を離すことが出来なかった。

若鷺は頭をかいて、おずおずと話し出した。やっぱり現役時代の光は見る影もなかった。堂々として、自信に満ちていて、決して弱音を吐かなかったあのスター選手が、今はこんなにも怯えている。

「僕、現役時代、ずっと強くないといけないと思ってたんです。強い男でないと、生きてる資格なんてないって。でも、そうやって強がれば強がるほど苦しくて、弱くなって、だからあんなものに手出しちゃって。自分が情けなかった。こんな弱い人間だったんだって、絶望しました。」

誰かがネットに書き込む音が聞こえる。きっとこの男は今日も炎上するだろう。

『ふざけるな』『甘えてんじゃねぇ』『やっぱりクズ』『糞』。

「でも、」

若鷺は、何故か画面を見ていた。ふざけた態度の司会者ではなく、馬鹿にした態度のコメンテーターではなく、おどおどした目でこちらを見ていた。

「自分が弱い人間なんだってはっきり自覚したら、ぼく、強がってたときよりなんていうか、生きやすくなったんです。自分の弱さを認めたら、逆に強くなれたんです。」

いや若鷺さん、だからって日本も弱くなれっていうんですか、それはまさに弱い人間の怠惰ではないですか、そもそも国際社会というのは。

コメンテーターたちが口々に叫ぶ。若鷺は画面を見るのをやめて、じっと自分の膝を見ている。まるで怒られた子供のように、その姿はとても、弱い。

「自分の弱さを認めたら、逆に強くなれたんです。」

でも、「正論」を叫んでいるコメンテーターたちより、それを俯瞰してコントロールしようとしている司会者より、私は若鷺を信じられると思った。そんなこと、絶対に、絶対に認めたくなかったけれど、でも、若鷺のことを心から信じられると思った。

屑、糞、弱虫。

手を当てた。お腹にだ。まだちっとも膨らんでいないお腹、もしかしたら生命なんて宿ってはいなくて、ただ未消化の食べ物だけがこびりついているかもしれないお腹に。今度はその手を離さなかった。離さなくていいと思った。

私は弱い。

弱い人間だ。

そう言い聞かせる。自分の体に、もしかしたら未来の子どもに。曖昧な何かに。

私はこんなにも、弱い。

こんなにも。

「107番の方！」

気が付いたら、呼び出し画面に「107」と大きく表示されていた。業を煮やした看護師が大きな声で叫ぶまで気づかなかった。テレビに、若鷺に夢中になっていて気づかなかった。なんてダサい、そして下衆な人間なのだろう。

私は弱い。

立ち上がると、視界がなんだかクリアだった。薄くはっていた膜がぽろりと取れた。そこには「大丈夫、彼もきっと喜んでくれるわ」的な、「素敵な家族になれそう」的な、「この子をひとりで育ててみせるわ！」的な勇敢さはなかった。何もなかった。ただこのからだで生きてゆくのだという、妙な実感だけがあった。

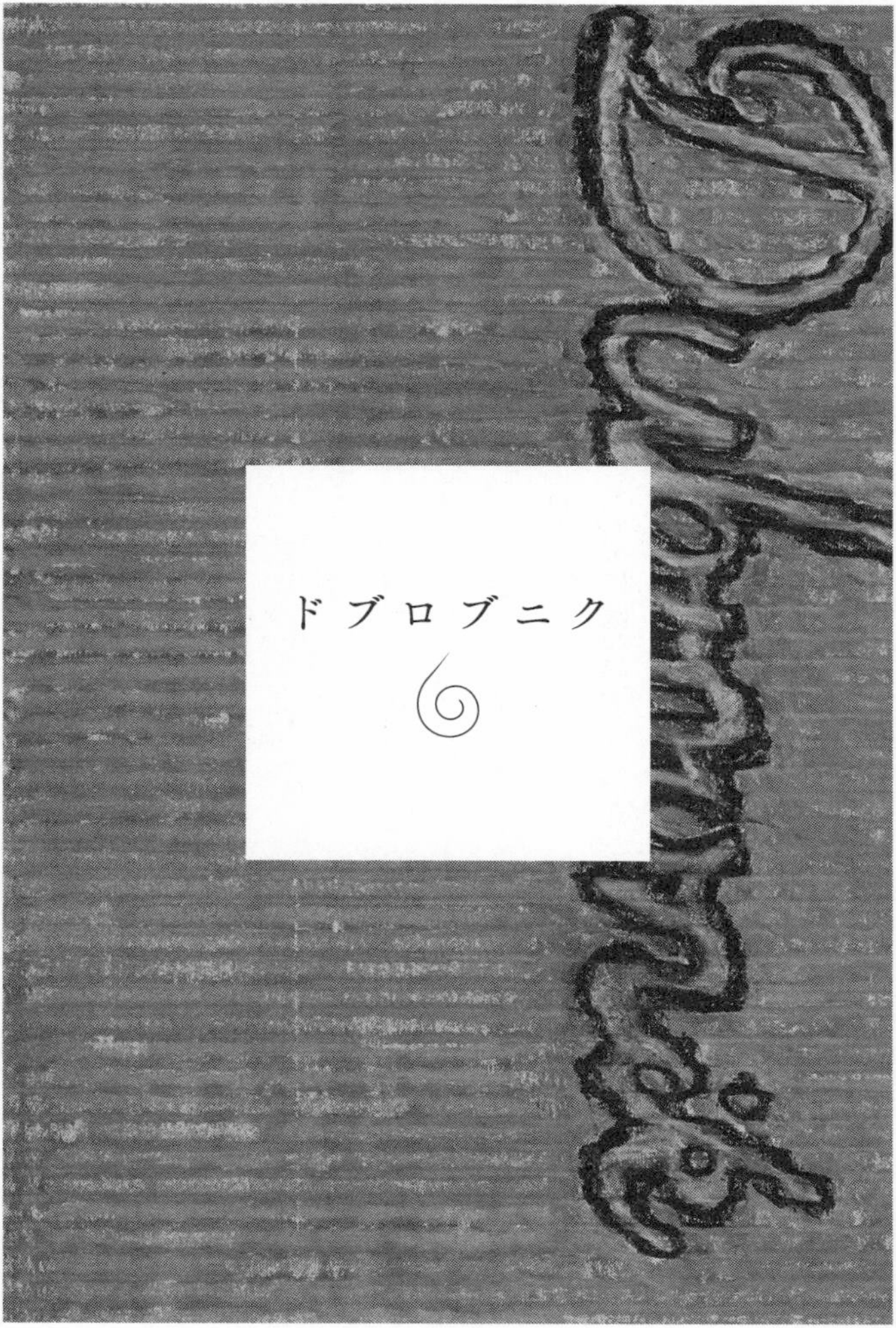

ドブロブニク

小さな頃から、映画が好きだった。

七歳のとき、父に連れられて「地獄の黙示録」を見たのが最初の記憶だ。父は特別映画好きだったというわけではない。フランシス・フォード・コッポラ監督のその作品が七歳の娘を連れてゆくのに適したものだとは思えないのだけど、それは彼がかえって映画に無頓着だったからだろう。

おとなしい子どもだったし、父には普段全然会えないので、なついていなかった(彼は私の実父ではなかった)。父もふたりでいるのにある種気づまりなところを感じていたのだと思う。何を考えているのか分からない娘とあれこれ話をしなくていいのなら何でも良かったのだ(結局彼は翌年家を出て行った)。

私はいつもひとりで遊んでいた。幼稚園にもなじめなかったし、当然小学校もだった。子どもたちが怖かった。人を押しのけてブランコに乗る子や、鼻水のついた手でからだを触ってくる子、勝手に私のかばんを開けて中身をあさる子は、恐怖の対象以外の何物でもなかったし、友達になんてなれるはずがなかった。だからと言って幼稚園の先生や小学校の教師などの大人たちは、いつも私が何を考えているのか探って来るような気がして心を開くことが出来なかったし、父が出て行ってからの母は、弾けたように新しい恋に次々飛び込んでいて、私のことなどかまっていられなかった。

私の友達は、いつも頭の中にいた。同じ年の女の子（ララ）や少し上のお兄さん（ヌヌ）、かわいらしい犬だっていたし（ぺぺ）、立派な馬もいた（ダダ）。彼らは決して声を荒げることはなく、もちろん暴力も振るわず、絶対に私を愛してくれた。私は脳内で彼らと会話し（犬や馬でさえも）、彼らと友情をあたため続けた。

「おはよう、ララ！」

「おはよう、ゆきちゃん！　今日は何して遊ぶ？」

「じゃあダダに乗ってピクニックに行こう！」

「ピクニック、いいわね、サンドウィッチを作らないと。ピーナッツバターでいい？」

「レモンのジャムも持って行ってね！」

「ワンワン！　ぼくのソーセージも忘れないでよ！」

「あらぺぺ、もちろんよ！」

「じゃあぼくは大きな鍋をもってゆくよ。火を熾《おこ》してスープを作ろう。」

「ヌヌ兄さん、その大きなお鍋でケーキが焼けるかしら？」

「ケーキ？」

「忘れたの？　今日はゆきちゃんの誕生日じゃない！」

「え、私の？」

「そうよ！」

誕生日は何度でもやって来た。あんまり頻繁にやってくるものだから、実際の自分の誕生日を忘れてしまうほどだった。

「おめでとう！」

誕生日だけではなく、「彼ら」は些細なことでも私を祝福してくれた。

「今日はちゃんと牛乳飲めたね、おめでとう！」

「あの子の意地悪に泣かなかったね、おめでとう！」

「逆上がりが途中まで出来たね、おめでとう！」

彼らが脳内にいる限り、私は幸福な少女だった。家の中でも、教室の中でも祝福されていた。だから何があっても黙って周囲を見ていることが出来た。

「おめでとう!」

私は母にも友達にも、何かを祝ってもらったことがなかった。

さて、七歳の少女にとって「地獄の黙示録」はというと、ただただ「怖かった」という印象しかない。でも、大画面で見る人や牛や風景や戦闘シーンや、大音量で聞く叫び声や歌や機関銃の音は私をこれ以上ないほど興奮させた。映画館が暗闇だというのも悪いことをしているみたいで嬉しかったし、何より父と同じ理由、「数時間誰かと話さなくていい、それも堂々と」という状況は私の心を安らかにした（それがどんな映画であれ）。

十四歳になると自ら映画館に出かけるようになった。少ないお小遣いをすべて映画に使った。「スタンド・バイ・ミー」を観てもちろんリバー・フェニックスに夢中になったし（後にホアキン・フェニックスに夢中になった）、「ブルー・ベルベット」の官能的な恐怖に震え、「ドゥ・ザ・ライト・シング」の生命力にむせ、「汚れた血」の密度には理由もなく涙を流した。

映画館では話さなくていい。ひとりきりでスクリーンに集中すればいい。そう言いながら、実際私は頭の中でいろんなことを話していた。登場人物と、ときには監督と。

「だめ、行ってはだめ！　あなたはここにいないと！」

「ああでも、僕は行かなくてはいけないんだ。それが世界のルールなんだよ。」

「お化粧が少し濃すぎない？」

「あら嫌だ、じゃあ夜の私を見たら、あなたもっとびっくりするわよ！」

「ここ、ワンカットで撮ったんだね。」

「主人公の気持ちを追いたかったからね。」

その間「私の友達」は息を潜めていた。ララもヌヌもぺぺもダダも、私と一緒にスクリーンに集中し、じっと沈黙していた。そしてもちろん、その沈黙は優しかったし、私を孤独にしなかった。そんなことは映画を観ている時間以外になかった。

十七歳のとき中原俊監督の「櫻の園」を観た。チェーホフの「櫻の園」を演じる少女たちを描いたその映画で、私は初めて「演じる人」がいるということに衝撃を受けた。

それはすごくおかしな感覚だった。だって今まで観た映画の中では、誰もが演じていたはずだったから。それなのに私はこの世界に「演じる人がいる」そのことに、自分でも驚くほど感動してしまったのだ。それも、大きなスクリーンの中ではなく、舞台という限られた空間で「演じたい」と願う人たちに。

それで、初めて舞台というものを観に行った。

何が何やら分からなかったので、とりあえず演劇雑誌を買い、興味がありそうな舞台のチケットを調べた。映画よりも随分高くて驚いた。正直、十七歳の私にとっては手痛い出費だったけれど、何か必然のようなものを感じて購入した。つまり私は、舞台を観る前からもうそれに夢中になっていたのだと思う。

ちょうどその頃、都内で数多くの劇場がオープンした時代だった。若い観客に人気のある小劇場演劇出身の人間が多く登用されていた。後に自分の買ったチケットは演劇の中では断然安く、そもそも演劇のチケットそのものが、彼らがやっていることに見合わないほど安いのだと知ることになった。

単純な話、私は衝撃を受けたのだ。舞台で繰り広げられる生身の人間の生身の言葉、肉体をそのままこちらにぶっつけられているような感覚に、動けなくなった。役者の腕に走った鳥肌を見たときや、唇から飛ぶ唾のしぶきを見たときは、「生きている」と思って涙を流したほどだった（スクリーンの中の役者も間違いなく生きていたのに！）。

舞台を観ている間、私たちは自由だ。今台詞を話している役者にピントが合っている、その役者だけがフォーカスされている、ということはなく、彼らが話している間に私たちは彼ら以外の人間を見ることが出来る（セットに描かれた絵画に集中することだって）。その間も舞台は進行していて、人々は律儀にすれ違い、ときに破天荒な邂逅を見せる。それらすべてを私たちは目撃することが出来るし、しないことも出来る。誰かに強制された視線はなく、私たちは彼らと同じ空間の中にただいる。青臭い感情だと分かってはいるけれど、「共に生きている」というその感覚は、私をあたためた。

私は小さなうなぎ屋でアルバイトを始めた。高校生がもらえる時給は雀の涙ほどだったけれど、そのすべてを演劇鑑賞に使った。ファッションにも、アイドルにも興味はなかった。私は変わった生徒だったと思う。小さな頃のようにずっとひとりでいるということはなくなったけれど、同級生といても話は合わなかったし、せめて無害でいようとあいづちだけ打ってずっと微笑んでいた。同級生には「菩薩」と言われた。それが好意的なあだ名でないことは分かっていた。

ほの暗い劇場に入ると、私は菩薩的な微笑みを意識せずにすんだ。熱心にあいづちを打たなくても良かったし、誰かにとって無害であろうと思わなくても良かった。最初の頃は制服で来ていることにためらいもあったけれど、私のことを気にかけるような大人はそもそも少なかったし、むしろ好意的な視線を感じることの方が多かった。

そうして何度も見ていると、演劇は、私がずっと脳内でしていたこととても近しいことだとあるとき気づいた。人間や犬や馬やときには幽霊が、舞台という限られた空間の中で動き、話し、生きる。それは私が幼い頃からずっと脳内でやってきたことではないのか。

「ゆきちゃん、おめでとう！」

「素敵な舞台を観たんでしょう？　おめでとう！」

「おめでとう！」

素晴らしい舞台を観た後は、この舞台を作った人間の脳内を見たいと切望した。バイト代はチケットと同じように演劇雑誌にも消え、演出家のインタビューをむさぼるように読んだ。脳内の構造、その一端に少しでも触れたかった。

あなたはどんなことを考えている？

あなたの頭の中ではどんな世界が展開している？

演出家は皆聞かれたことに一応答えていたけれど、どこかインタビュアーを煙に巻くようなものが多かった。ひねくれているのではなく、彼らも自分の脳内の感覚をきちんと捉えられていないからだと分かったのは、うんと後になってからだった。

大学に入って、迷うことなく演劇部に入った。そもそも大学自体、演劇が有名なところを選んだ。母に大学進学の費用を出す余裕はなかったけれど、その頃には彼女は、かなり裕福な男性と付き合っていた。男性は母に夢中で、おそらくいいところを見せたかったのだと思う。私の進学費用を全額負担する、と申し出た。そして結果、それが再婚の決め手となった。私たちは彼の購入した大きな家に引っ越した。母親を金で売ったみたいでいい気分ではなかったけれど、彼女のたくましさは知っていたので、そのことはすぐに忘れた。

私には「演じる」という選択肢はなかった。自分の脳内を再現することをしたかった。演出なんて出来る気がしなかったけれど、脚本なら、そう思って入部した。でも、結果圧倒的に才能のある人物を目の当たりにして、とてもじゃないけれど自分の書いたものなんて発表出来なかった。もちろんショックだったけれど、そう年齢も違わない人間にこんなに才能があることが、そしてそれをこんなに近くで目撃出来ることが誇らしかった。

「ねえララ、みんな本当にすごいんだよ！」

私はときに大道具をやり、小道具をやり、進行をやり、宣伝をやった。つまり裏方の仕事ならなんでもやった。自分の脳内の景色を再現できなくても、誰かの景色を共有し、それが拡散してゆく時間が幸せだった。簡単に言うとひとつになれた。生まれて初めて生身の友達が出来たし、生まれて初めて吐くまで飲んだ。そうしていると、いつの間にか「彼ら」はいなくなってしまった。ララもヌヌもぺぺもダダも。

大学卒業を機に、仲間と劇団を立ち上げた。

その頃には私は家にいながら、母にほとんど勘当されているような状態だった。せっかく大学に入れたのに箸にも棒にもかからないような演劇というものに夢中になっている娘に母は苛立ち始めていたし、その頃には母は裕福な夫との離婚を考えていた。すでに新しい恋人を見つけていたのだ（彼は母より十二歳年下の自称ジャズミュージシャンだった。安定を望まない、ということに関して彼女はほとんどプロフェッショナルの域に達していた。彼女のことを「たくましい」と思っていた私は正しかったのだ）。

空気を読んで家を出た。劇団の仲間三人と家賃を分担しながら暮らした。もちろん今でいうシェアハウスのようなお洒落な生活ではなく、六畳と四畳半の２Ｋの風呂なしアパートに文字通り肩を寄せ合いながら暮らしている状態だった。でも楽しかった。私たちはパン屋でパンの耳を、八百屋でクズ野菜をもらってきては工夫して料理をし、銭湯に行けないときはシンクを使って交代で体を洗った。みじめだとは感じなかった。劇団なんて儲からないものだというのは分かっていたし（それも立ち上げたばかりの劇団だ）、「生身の友達」と味わう自由は何にも代えがたかった。

私たちの劇団の主宰は梨木陽平という男だった。

岐阜出身で、小さな頃から児童劇団に入り、高校生のときには演劇コンクールでいくつも賞を取っていた。つまり役者としてもすぐれていたわけだけど、演出家としても素晴らしい才能があった。

　彼の得意とするのはいわゆる青春群像劇だった。青臭い台詞を臆面もなく使った。でも、そこにはきちんと体温があった。梨木が心から信じてその言葉を使っていることが分かるから、決して鼻白まなかった。そして、これは彼の最大の美点だと思うのだけど、彼の演出はいつも清潔だった。セクシュアルな場面も猥雑な場面も、理想的に整理された台所や作業場を見ているような気持ちになった。もちろんそれが彼の欠点だと言う人もいた（演劇界には自称「評論家」がうじゃうじゃいるのだ）。

「どれだけ暴力的な描写があってもハチャメチャな展開を見せても、優秀な子、良い子が作った、という印象がどうしても拭えない。」

　それが彼らの言い分だった。

　梨木はもちろんその意見を分かった上で舞台を作っていた。むしろ「清潔さ」は彼自身が求めていたことだったと思う。時々不自然なほど美しい日本語を台詞に入れることや、役者の立ち位置が示すシンメトリーな空間に、それは感じられたし、何より梨木自身が誰よりも清潔なのだった。とにかく梨木の名は徐々に演劇界に知れ渡り、小さな劇場での公演に、見知った評論家や演出家が顔を出しているのを見ることになった。

その頃から私は、劇団の広報のようなものを担当するようになっていた。自分の性格を考えたら信じられない。でも、こと劇団のことになると初対面の人でも臆せず売り込むことが出来たし、梨木いわく、「誰より一番この劇団を愛している」のが私だった。

私はもちろんそれを梨木の賛辞と受け取った。実質的に舞台に関わることが出来ないことを考えないこともなかったけれど、梨木にどんな形であれ認められることはこの上ない喜びだった(彼は私より二つ年下だったけれど)。私は彼の才能を信じ、彼の情熱を信じ、この劇団を大きくしてゆこうと決意していた。

それが二十年前だ。

私は今年、四十四歳になった。梨木の劇団は解体を繰り返し、今では七名の常駐で落ち着いている。初期のメンバーは私ともうひとり、吉岡という男性だけだ。太っていて赤ら顔の吉岡は、二十代のときから中年役が似合った。劇団が徐々に有名になるにしたがって、ドラマや映画、ときにはＣＭなどでうだつのあがらない中年役を演じ、「逆に年を取らない俳優」として人気が出るようになっていた。

劇団は成功していると言って良かった。いいや、大成功と言ってもいいのではないだろうか。梨木は二十代、三十代のうちに重要な戯曲賞をのきなみ受賞し、演劇をかじったことのある人間なら知らぬ者はいなくなった。メジャーな俳優を起用した大きな舞台もこなすようになったし、映画も二本撮った。大々的なヒットはせず、いわゆるお茶の間の認知度というものは期待出来なかったけれど、関係者には評価されたし、何より仕事が途切れるということがなかった。

今まで何度「おめでとう」と言われただろう。梨木が戯曲賞を取ったとき。舞台が成功したとき。梨木に映画の話が来たとき。

「すごいね、おめでとう！」

「おめでとう！」

広報として出来ることはすべてやった、そういう自負はある。持てる時間をすべて仕事に費やした。プライベートな時間なんてなかった。飲み会はすべて演劇関係のものだったし、携帯電話に登録してある連絡先もそうだった（三十歳を過ぎた頃から、母とも連絡を取らなくなった)。家に戻っても勉強のために他の劇団のDVDを観たし、休みが出来ると実際に劇場に足を運んだ。

恋人は一度だけできた。いや、できかけた、と言ったほうがいいような関係だ。結果すぐに連絡を取らなくなった。私は今も独身だし、ヴァージンでもある(その間梨木は三度結婚し、それぞれの妻との間に計五人の子がいる)。

劇団が大きく、有名になってゆくのはもちろん嬉しかった。自分の努力が報われた気がしたし、何より信じていた梨木の才能が世界に認められてゆくことが幸せだった。

「おめでとう!」

でもいつの間にかその言葉は、私のからだを素通りしてゆくようになった。

私が会う人は皆、私ではなく梨木を見ている。そのことは十分に分かっていたし、それが正しいこともそれ以上に分かっていた。それでも虚しさは膨れ上がった。自分をただのフィルターのように思うことがあった。それも、空気を美しくするフィルターではなく、埃の詰まったそれだ。

ある日、自分が周囲の人間に「門番」と言われていることを知った。

私がやっていることが、劇団のためではなく、劇団の足を引っ張っているということを、それは意味した。それを知ったのと同じ時期に、私が梨木に、劇団の主宰以上の感情を持っているという噂があることも知った。

梨木は時々思い出したように、今の成功は広報である私のおかげだ、と言ってくれる。

「ゆきの情熱が僕らをここまで連れてきてくれたんだよ。」

飲み会でこんな台詞を堂々と言ってのけるところが梨木の良さだった。劇団に加わった新しいメンバーは皆梨木を尊敬していたし、だから自動的に私に感謝しなければいけないことになったけれど、私の心は静かだった。

いつしか梨木も私に気を使うようになった。くだんの言葉も、だから心からそう思ったのではなく、私の気持ちを害さない心遣いなのだろう。梨木が私を通さない仕事をするようになったことは知っていたし、吉岡もそれでブレイクしたようなものだった。

私の居場所はここだ。それは分かっているし、ここしかない。ここを離れたら、私はどうしていいか分からない。でも、私は自分の居場所を確保してもらっていると思うようになっていた。皆が私の顔色をうかがって、「どうぞこちらへ」と言ってくれているような、そんな気がした。

休みを取ったら、と言ってくれたのは梨木だった。

「ゆきは働きすぎだよ。ちょうど舞台も空いてるし、思い切って長い休みを取って海外にでも行って来たら？」

からだが冷たくなった。事実上の解雇宣告なのでは、最初はそう疑った。

「からだをゆっくり休めて、パワーアップして戻って来てよ。」

私の想いを見透かしたように、梨木はそう付け足した。こういう男なのだ。私の不安や危惧に聡《さと》く、先回りをする。だから私は何も言えなくなる。いつも。

フィンランドにしたのは、日本から一番近いヨーロッパだったからだ。七月がベストシーズンということもあったし、

「ゆき、カウリスマキ好きだったよね？」

梨木の言葉も大きかった。確かに私は、ムーミンやマリメッコなど、日本で知られているいわゆる「ほっこりとしたフィンランド」よりは、カウリスマキ兄弟の映画で描かれている、どこかうす暗くてやるせないフィンランドが好きだった。彼らが経営

しているバーがあると聞き、いつか行ってみたいと言っていた私の言葉を、きっと梨木は覚えてくれていたのだ。

夏のヘルシンキは素晴らしかった。景色のすべてが新品の絵具で描いたような鮮やかさだった。人々はリラックスし、はにかみながら挨拶してくれた。トラムを乗り継いで、私は街中を歩き回った。「ナイト・オン・ザ・プラネット」でタクシーがうろついていた広場を見たときは柄にもなく「自撮り」というものをしてみた。浮かれていた。

それでも、夜になると「ひとりでバカンスに来ている」という状況に改めて戸惑った。今頃梨木は何をしているのだろう、そう考えて落ち着かなかった。舞台が空いているとき、劇団員たちは他の舞台に客演で出ることもあったし（そのすべてを、私は出来る限り観に行っていた）、今の私のように海外に出かけることもあった。

でも梨木は、休むと決めたらとことん休む男だった。大体いつも、妻と子供と、長野の山荘に行っていた。その間は携帯電話にもメールにも返信がなかった。電波は届くのに、梨木が意図してそうしているのだ。だから私は、急な仕事を入れることが出来なかったし、梨木もそれを許さなかった。次の創作に向けての大切な時間だということは分かっていたけれど、時々梨木に無性に腹が立った。

小さなビストロでサーモンのスープとパンを食べた。梨木は今も山荘にいるのだろう。妻と新しい子供と、散歩でもしているのだろうか。料理の写真でも送ってみたらどうだろう、一瞬そう考えたけれど、もちろんやめた。パンをかじり、それをスープで静かに流し込んだ。

店を出るとき、バーに行ってみよう、そう思った。あのカウリスマキのバーだ。二杯だけ飲んだ白ワインで、私はもう酔っていた。酒には強い方だったけれど、一日中歩き回ったから、アルコールがまわりやすくなっているのかもしれなかった。あのバーに行ったのなら、写真を送るのも不自然ではないかもしれない。梨木から返事はなくても、梨木に話したあの場所に、自分がいるところを知らせたかった。

地図を見ながら歩くと、それはすぐに見つかった。外まで人が溢れているのが、遠くからでも見えたのだ。バーの名は「コロナ」、店内にはビリヤード台があって、煙草の煙が充満していて、人の話し声が反響していて、いかにも「古き良き店」といった感じだった。それも、八〇年代、九〇年代の猥雑さだ（隣には「カフェ　モスクワ」という店があった。ソビエトをイメージしたそのバーは、「過去のない男」の撮影が行われた場所らしかった。「CLOSED」の札は残念だったけれど、そのときの私は断然コロナの猥雑さに惹かれていた)。

カウンターでビールを頼み、なんとか空いている席に腰かけた。皆席を自由に移動するから、どんなシステムなのか分からなかったけれど、ビールはキリリと冷えて、きちんと苦くて、とても美味しかった。海外公演に行くとき、打ち上げと称して皆でこういった店に入ることがあるけれど、そういえばひとりで入るのは初めてだった。私は自分の二十年を思った。ひとりで飲むビールは店内の緑色の光を反射して、不思議な色になっていた。

店内をぐるりと見回してみた。トイレの位置を確認しておきたかった。カウンターの後ろに、地下に通じる階段があって、トイレはどうやらそっちにあるようだった。覗きこむと、階段の先に「Dubrovnik」というネオンサインが見えた。

「ああ。」

そう声に出た。「浮き雲」の主人公が働いていたレストランだ。すぐに分かった。

こっそりネットで調べると、「ドブロブニク」はイベント時だけオープンしていて、映画の上映や演劇が行われるということだった。ネオンサインがついているということとは、開いているのだろう。演劇をやっているのだろうか？

途端に落ち着かなくなった。せっかくフィンランドまで来たのだから、演劇からは距離を置きたい。でも観てみたかった。何かしら劇団のためになることを学べるかもしれないからだ。「演劇」のにおいがすると、私はたちまち我を忘れる。

せめてこのビールを飲むまでは、そう思いなおして、私は店内の写真を撮影した。十代に見えるような若者、真っ白い顎鬚の生えた老人、年の離れたレズビアンのカップルらしきふたり、あらゆる人物が手に手に酒を持って、それぞれ好きに過ごしている。見たところ、アジア系の客は私だけのようだった。かといって誰も私に注意を払うことなく、皆自分たちの時間に集中していた。

それは、若かった頃の下北沢を思わせる風景だった。どこか、「命がけで飲む」といった気概が感じられた。全然お洒落じゃなかったし、「ほっこりしたフィンランド」は見る影もなかったけれど、そのうさん臭さが懐かしかった。

「カウリスマキのバーにいます。」

そうメールに打ち込んで、写真を添付した。でも、「送信」は押さなかった。

門番と言われている。梨木に主宰以上の感情を持っていると言われている。

日本にいるときよりも強く思い出されるのはどうしてだろう。日本は今夕方だ。梨木は妻と一緒に夕飯の支度をしているのかもしれない。猫のように大きな目をしたその人は、かつて劇団のオーディションに来た若い女優だった。

「おめでとう。」

結婚式（梨木は三度目でも律儀に結婚式を挙げることを忘れなかった）で、何度も投げかけられたその言葉を、梨木は迷わず、まっすぐな気持ちで受け止めることが出来ただろう。まごうことなく自分に、自分たちの人生に向けられたその祝福の言葉は、梨木のからだに美しくとどまっているに違いない。

「おめでとう。」

私にかけられる言葉と、それは全く違うものだ。

目を瞑る。静かだ。店の中はこんなに騒がしいのに、私の頭の中は静かだ。この静けさはいつ頃から居座るようになったのか。梨木が最初の結婚をしたときだったか、私の知らない間に梨木に映画監督の話が来たとき、そしてそれを梨木が了承していたときだったか。

「ヘイヘイ。」

耳元で声がした。はっとして目を開けると、隣に初老の男が立っていた。ヘイヘイ、とは、フィンランド語の挨拶だ。もっと親密になると「モイモイ」という。このなんとも柔らかな挨拶には、滞在中幾度も頬を緩ませられた。

「ヘイヘイ。」

返すと、チケットの束を見せられた。身構えると、彼は人懐こい笑いを浮かべて、身振り手振りで話し始めた。必死で理解しようと努めたら、どうやら、自分で撮影した映画の上映会を、ドブロブニクでやるらしい。チケットはフィンランド語だったし、文字しか印刷されていなかったので、どんな内容なのか全く分からなかったけれど、映画と聞いて、私の胸は俄然高鳴った。

「ムービー?」

「イエス。」

男は腰まである長い髪をしていた。でもヒッピーやラスタのような雰囲気はなく、ただ生きていたら伸びた、というような感じだった。つまりすごく自然だった。

金額を聞くと、学生が自主制作でやっている映画に支払うほどの額だった。驚いている私に、男は重ねて言った。

「ディス　イズ　マイ　ファーストムービー。」

キラキラとした眼をして、とても嬉しそうだった。チケットはまだたくさん余っていたし、観光客である私に売りつけないと客も来ないようなこの映画を上映出来ることに、この初老の男は頰を赤らめて喜んでいる。でも、この場所ではどうやらこの男を笑う人はいないようだった。皆それぞれ律儀に、ゆく夏を惜しんでいた。

「コングラッチュレーション。」

自然と声に出た。

おめでとう。

あなたの最初の映画をこの場所で上映出来ることに。そして、見知らぬ私がそのチケットを買うことに。どんな内容か分からない、きっと一言も理解出来ないその「自主映画」のチケットを、私は買った。

金を支払うと、男は「破顔」という言葉がしっくりくる表情をした（紙幣を渡した彼の掌に彫られたスマイルマークと、同じような顔だった）。

「おめでとう。」

我慢出来なくなって、日本語でそう言った。

「オメ？」

彼は、そう聞き返してきた。コングラッチュレーションという意味だ、と言うと、もう一度聞きたいと子供みたいにせがむ。

「おめでとう。」

ゆっくり伝えると、

「オメ、デ、トウ。」

笑ってしまうほどたどたどしい言葉をくれた。

そう、彼はその言葉をくれたのだ。私に。

「おめでとう。」

おめでとう、という言葉の美しさを、私は忘れていた。その言葉の美しさそれ自体を。

誰かが誰かを祝福するとき、そこにどんな含意があろうとも、「おめでとう」という五文字の発するその美しさは、独立してそこにある。何にも汚されない、その言葉の持つ美しさは絶対に消えないし汚されない。はずだ。

「おめでとう。」

もちろんそれは聞こえた。私の脳内でだ。ヌヌだろうか？　ララだろうか？　ぺぺ？　ダダ？　彼らは戻って来た。いいや、戻って来たのではなく、ずっとそこにいたのだ。誰にも侵されない私の場所に、彼らはずっと存在していたのだ。

「ゆきちゃん、おめでとう。」

この景色は私のものだ、急にそう思った。

誰とも共有出来ないものであったとしても、いいや、そうであるならなおさら、この景色は私のものだ。私のためだけにあるものだ。

「おめでとう。」

男がいなくなっても、私はそう言い続けた。

いつの間にか店の照明が変わり、ビールグラスは赤い色に光っていた。カウンターにグラスを差し出し、私は映画を観るために席を立った。

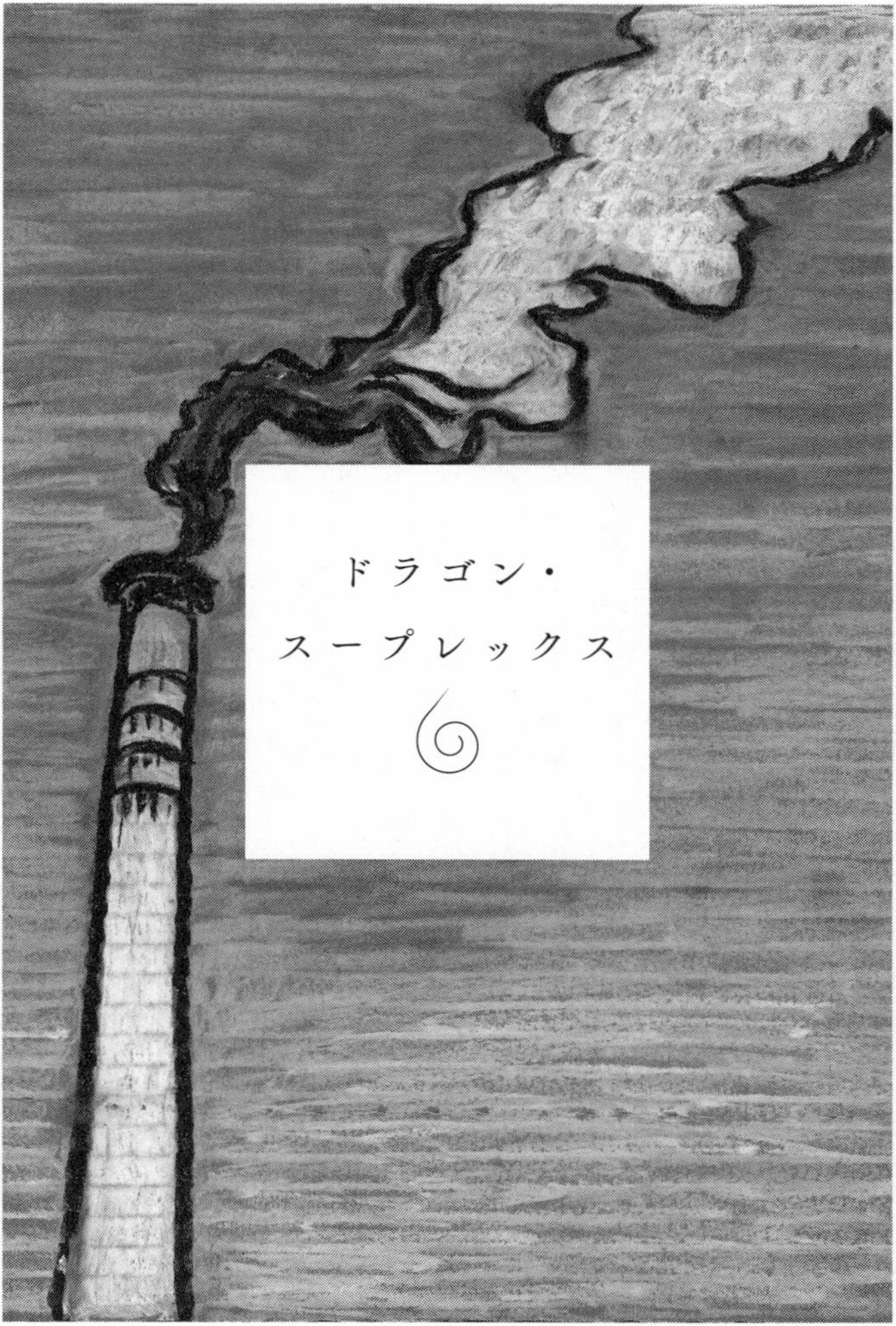

ドラゴン・スープレックス

私のおばあちゃんは、信心深い人だった。

おばあちゃん、と言っても本当は私のひいおばあちゃんだ。

迷信の類に夢中で、かつげる縁起はすべてかついだ。ひいおばあちゃんのおかあさんやおばあちゃんから受け継いだものや自分で編み出した根拠のないものがほとんどで、月初めは種のある果物を食べてそれを庭に植えるとか、トイレから出るときは絶対に右足から外に出るとか、階段が偶数だったら奇数にするために一段足踏みするとか、数え上げたらキリがなかった。

中でもおばあちゃんが特にご執心だったのはおまじないで、出かけるとき、カラスが頭上を飛んだとき、立て続けに信号につかまったとき、とにかく常に何事かをぶつぶつと唱えていた。

「方角お許しください。」

というような意味の分かるものもあれば(これはテーブルの北側にお箸を置くとき)、「オンバーサンバーエーテーイッシンヤーテンソワカ。」

こんな風にまったく意味の分からないものもあって（これは戸締りをするとき)、おばあちゃんとずっと一緒にいた私は、そういうのをすっかり覚えてしまっていた。

私には両親がいない。いいや、いるのだけど、何らかの事情で遠くに住んでいるということで、ママの方の（ひい）おじいちゃんとおばあちゃんに育てられた。といっても、おじいちゃんは私が四歳のときに死んでしまったから、私は事実上おばあちゃんひとりに育てられたようなものだった。

本当のおじいちゃんとおばあちゃん（つまり、ママのお父さんとお母さん）のことは知らない。おばあちゃんの話にも出ないし、写真も見せてもらったことがない。近所のおばちゃんたちによると、学生運動というものに熱心で、若くしてママを授かり、結果そのママをおばあちゃんや友人に預けて「革命」に夢中になっていたのだそうだ(活動のために刑務所に入っていたというのも最近聞いた)。

パパはまったく会ったことがなかったけれど、アフリカ系の人だったそうだ。私はどうやらママよりもパパ寄りのようで、ぽってりとした唇や驚くほどカールしたまつ毛、太くてちぢれた毛やウォルナットのような肌は、私を決して日本人に見せなかった。だから私が流暢な（というより、それしか使えない）日本語を話すと、初対面の人はみんなぎょっとしたし、中学のセーラー服を着ているとコスプレみたいに思われるのだった。

遠くに住んでいるといっても、ママは時々ふらっとやって来た。髪の毛をブレイズという編み込みにして、爪をうんと伸ばしてラメ入りの紫や蛍光のピンク色に塗っていた。時々唇も同じような紫色に塗るのだけど、私と違ってママは色が白いから、唇だけが別の生きものみたいに見えた。

ママは私の肌や髪を本当に羨ましがった。私の唇は確かに紫色にも蛍光のピンク色にも負けなかったし、髪の毛はいくら編んでも豊かだった。

「ジュエルかわいいわぁ！」

私の名前だ。樹絵瑠と書く。

ママがつけてくれたらしいのだけど、おばあちゃんはその名前を本当に嫌っていて、私のことを独自の名前で呼んでいる。「喜恵《よしえ》」だ。喜びに恵まれる名前で、苗字との字画も最高にいいらしい。私が産まれたとき、もちろん熱心に提案したのだけど、ママが瞬殺で却下したそうだ。ママの感覚だったらそれはそうだよなぁと思うし、私も実際外で呼ぶのはやめてほしいなぁと思ってしまう（おばあちゃんには申し訳なくて言えないけれど）。だっておばあちゃんが「喜恵！」って呼ぶと、みんながこっちを見るのだ。

「え？　この子がよしえ⁇」

そんな風に。

ママが家に来ると、おばあちゃんは露骨に嫌な顔をする。別にお金の無心に来るわけでもないのだけど、ママのあの魔女みたいなメイクや背中がばっくり空いたワンピースなんかがおばあちゃんの神経を逆なでするようだ。

「紫の唇なんて鵺《ぬえ》やがな。」

「肩甲骨は一番冷やしたらあかん場所やのに。」

ママとおばあちゃんはとことんまで趣味が合わない。確かに紫の口紅が歯についているママを見るとギョッとするし、肩甲骨に大きく彫られた青色の蛇は、ママの体温を低く見せる。

「なんであんな風になってもうたんやろか。」

ママが使っていた部屋は壁一面にスプレーで落書きがしてあった（「グラフィティやで」と、ママは言った）のを、おばあちゃんが塗り替えた。ママの前はママのママの部屋だったそうだけど、学生運動に使うヘルメットやビラなんかが山積みになっていて足の踏み場もなかったそうだし、夜な夜な活動仲間（その中におじいちゃんもいたそうだ）が集まって本当に嫌だったと、おばあちゃんは言っていた。

「呪いの部屋や。」

その呪いの部屋は、今私が使っている。壁の四隅におばあちゃんがもらってきたお札がべたべた貼ってあって、いかにも結界という感じ、どんなお洒落なポスターや写真を貼ってもお札の威力に負けるので、諦めている。

「あんたは何にも染まったらあかんで。普通が一番や、普通でおり。目立ったらあかん。目立たんようにしとったらあかんもんはつかへんからな。」

おばあちゃんの縁起やおまじないの類は、とにかく私に「あかんもん」がつかないようにするためのものだった。それをすると何か良いことが起こるというよりは、何か悪いことが起こらないためにしているのだと。だから私がおまじないや縁起を担ぐことを怠るとおばあちゃんはものすごく怒った。

「あかんもんつくがな！」

おばあちゃんの言う「あかんもん」が私にとって何なのかは分からなかったけれど、おばあちゃんが「あかんもん」と言うと、それはもう相当な「あかんもん」なのだろうな、と思わせられる迫力があった。

だから私はおばあちゃんの言うことを律儀に守ったし、小さな頃からこれだけ言われ続けているのだから身に染みてしまって、私自身もあらゆる縁起を担ぎ、あらゆるおまじないを言わないと落ち着かなかった。


家には、ママ以外にもいろんな人がやって来た。

みんな大概信心深くて、まじない迷信の類を信じている人たちだった。つまり年寄りが多かったのだけど、中に私のようにおばあちゃんに連れて来られた若い女の子や私のママくらいの女の人もいた。

みんなおばあちゃんのように「あかんもん」につかれないようにしていて、おばあちゃんからおまじないを教えてもらったり（いくら聞かれてもおばあちゃんのおまじないストックは尽きなかった）、逆に自分が担いでいる縁起の話をしたり、あとはただただ生活の愚痴を言ったりしていた。例えば家の残飯をドブに捨てる隣人のことや、妊娠したのに煙草をやめない息子の嫁のことや、定年後鬱っぽくなった自分の夫のことや、本当にいろんな愚痴があったけれど、最終的にはいつもそれらはすべて「あかんもん」のせいになった。

「吉岡さんええ人やったのになんで急にあんななったんやろ？」

「最近目つきちゃうもんな。」

「あかんもんついたんやで。」

「こどもほったらかして酒飲み歩いて。母性いうもんがないのやろか。」

「あかんもんもんついてんねん。」

「あかんもん」の威力は、本当に凄まじかった。

家に来るのは女の人ばかりだったけれど、中にひとりだけ出入りを許されている男の人がいた。みんなから「おっさん」と呼ばれている痩せた人だ。

元大学教授だったとか研究者だったとか、プロフィールは定かではないけれど、とにかく博識で、その知識はいろんなジャンルに及んだ。それはもう、宇宙から小説から宗教からプロレスから猫から歴史からファッションから、様々だ。今は（というよりずっと）働いていないようで、実家でお母さんの年金を頼って暮らしているらしい。ありあまる時間のほとんどを何らかの知識を得ることに費やし、でもその情報は決して何かの役には立たないのだった。

働いていないことや九十歳近いお母さんのすねをかじり続けていることは、女たちの非難の的だったけれど、でもそれ以上にその知識量は尊敬されていたし、何よりおっさんは女たちが憧れる「不思議体験」を数多く経験していた。人魂を見るのなんて日常茶飯事（「わしクラスになると、昼間でも見るからな」）、イタコ的なこともやるし（おばあちゃんは何度もひいおじいちゃんをおろしてもらっていた）、少し意識を集中すれば誰かの家まで幽体離脱して飛んでゆけた（それで益子さんという人の家の火事を知らせることが出来たのだった）。

おっさんの良いところは、そんなことをしてもお金を受け取ったりしなかったし、別段それを誇るようなこともなかったことだ。自分のからだに起こることをものすごく普通のこととして受け止めていて、その豊富な知識と同じように、それを何かに役立てようとか利用しようとか、全く思わないみたいだった。ただ時々こうやってうちに来るのが嬉しくて仕方がないのだと、おっさんは言った。

おっさんは女の人が好きなのだ。それがうちのおばあちゃんのようなシワシワの人であれ、ドラム缶のように太ったおばさんであれ、女の人であるというだけでおっさんはひれ伏し、何を言われても目尻を下げてデレデレしていた。

「女性は我々の太陽や。」

「生きてるだけで美しい。」

そんな歯の浮くような台詞を口にしては、おばさんたちを笑わせる。みんなおっさんのことが好きだったし、みんなこの場所が好きだった。


高校生になったとき、おばあちゃんが死んだ。朝、台所で倒れているのを私が発見したのだ(人が死ぬとただちに「発見」になる)。

お味噌汁の美味しそうなにおいや、リノリウムの床の汚れや、冷蔵庫にたくさん貼り付けられたマグネットや、とにかく馴染んだ日常の中で、おばあちゃんが死んでいることが信じられなかった。いつもまめまめしく動いていた台所で倒れていることがおかしかったし、おばあちゃんのからだが冷たくなっていることがおかしかったし、今後二度と目を覚まさないということがおかしかった（どうしていいか分からなくて、台所でおばあちゃんと一緒に寝ころんでいたのを見つけてくれたのは勝手に家に入って来たおっさんだった）。

おばあちゃんのお葬式で、私は初めて本当のおばあちゃんに会った。刑務所に入っていた、と聞いていたから、なんていうかもっとドスの利いた人を想像していたけれど、おばあちゃんに似ず（おばあちゃんはすごく大きかった）小柄で、坊主に近いショートヘアにしたその人は、すごく柔らかい感じの綺麗な人だった。

「ジュエルちゃん？」

この人が自分のおばあちゃんだなんて驚きだった。

「覚えてないかなぁ。小さい頃会ったことがあるのよ。」

綺麗な標準語で話すその人は、おばあちゃんというよりも美しい女性といった感じだったから。

「おばあちゃん」はもっとシワシワで、近づくと何かが発酵したようなにおいがして、真っ白い髪の毛がパサパサと揺れている（そう、今棺桶に入っているおばあちゃんのような）、そういう人なんだと思っていた。でも、目の前の人はつるりとした顔をして、笑うとかろうじて目尻に皺がよるくらい、喪服を着ているけれどすごくお洒落だということがすぐに分かったし、ゆったりとしたパンツからのぞく足首はキュッと引き締まっていた。

私が素直にそれを告げると、「おばあちゃん」（ややこしいから「ママのママ」と呼ぶ）は嬉しそうに笑った。

「毎日自分の畑で取れた新鮮な野菜を食べてるからね。煙草なんてもっての外だし、変なものを絶対に口にしないから体が健康なの。」

変なもの？　と聞くと、ママのママの口からありとあらゆる食品の名前が飛び出した。それらのほとんどを食べているであろうママ（だってママの「お土産」はいつもケンタッキーフライドチキンとかマクドナルドとかそんなのばっかりで、それはママのママの「変なもの」リストの最上位にあがっていた）は、みんなから離れた場所でアメリカンスピリットを吸っていた。さっきまで散々泣いていたけれど、今は泣き止んでぼんやりしている。

ママと、ママのママは、ちっとも似ていなかった（血が繋がっているなんてとても思えないほど。わたしとママも全然似ていないから、初対面で私たちが血族だと分かる人はほとんどいないのじゃないだろうか）。

「ああ、あの子あんなもの飲んでるわ。」

ママは通夜ぶるまい（おっさんがすべて手配してくれた）で出されたコーラを飲んでいた。ママのママがママのことを「あの子」以外で呼ぶことはなくて、ふたりが話している姿も結局見なかった。

「あんなもの毒よ。」

それから私は、コーラを飲むたびに、吐き捨てるように言ったママのママのこの言葉を思い出すようになった。コーラって毒なんだ。


おばあちゃんがいなくなって、私はママと住むようになった。なんらかの事情で遠くに住んでいたはずのママは、実は意外と近くにいたらしく、ついでに一緒に住んでいた彼氏も家に越してくることになった。

彼氏はジャマイカ人で、ダミアンという名前だった。ママより七歳年下で、市内のレゲエバーでアルバイトをしていた。

ダミアンが来たことで、俄然私たちの「家族感」は増した。私はママの子というよりはダミアンの子（あるいは妹）に見えたし、おばあちゃんとふたりで歩いているときより、三人で歩いている今の方が周囲の人も納得しているように見えた。

ママは私の髪をブレイズにした（ママはブレイズ専門の美容室を開いていて、けっこう繁盛していた。そんなこと、もちろんおばあちゃんは教えてくれなかった）。一日中レゲエが流れ、家中ラスタカラーや派手な色の布がかけられた。そして台所には煮物や焼き魚やお漬物の代わりに、ダミアンが作ってくれたジャークチキンやママがデリバリーしたピザ、そしてママのママ言うところの「毒」であるコーラが常駐するようになった。

「ねえママ、ママのママがコーラのこと毒って言ってたよ。」

「はあ？　まだそんなん言うてんねやあの人。」

ママのママがママのことを「あの子」と言うように、ママもママのママのことを「あの人」と呼んだ。

「まだ？」

「うちが小さい頃から今で言うオーガニック信奉者やってさあ、ごはんもまっ茶色やし味うっすいし嫌やったわぁ。まだそれは許せるとして、あの人なんでも陰謀にするやん？　白砂糖食べさすんはアメリカの陰謀やとかそんなん。」

「そうなんや。」

「せやで、知らんっちゅうねん、ていうか、陰謀でもこんなに美味しかったらええやん？　うち、大人になったらポテチとマクドとコーラとアイスたらふく食べよう思ててん。」

「夢がかなったたな？」

「叶ったー、最高やわまじで。」

私はふたりと暮らすようになって、たちまち太ってしまった。履いていたパンツはのきなみ合わなくなって、ティーシャツですら脇のところが窮屈になって着られなくなってしまった。

「ええやんジュエル、これくらい豊満な方がかわいいって！」

ママとダミアンは、私のように食べても細いままだった。

「日本人は細すぎんねんで！」

あまりに劇的な変化だったけれど、私が一番驚いたのは、ママが家中のお札を剝がしたことだった。おばあちゃんが何らかの想いをこめて、ゲンを担いで、おまじないを唱えながら貼ったお札を、いとも簡単に剝がすママのことが信じられなかった。それだけではない。ママは剝がしきれなかったお札の上に派手なステッカーを貼ったり(もう「グラフィティ」は描かないみたいだ)、また違う布を垂らしたりして、おばあちゃんの痕跡を徹底的に消し去った。私はもちろんママに「あかんこと」が起こるのではないかと気が気ではなかった。

でも、「あかんもん」がついたのは、むしろ私の方だったみたいだ。私は近所の人たち、特におばあちゃんの信奉者だった人たちから避けられるようになった。急激に太って、頭をブレイズに編み込み、ときには爪を紫に塗って肌を露出した服を着て歩く私を見て、みんな顔をしかめた。それがママの望んだことであろうが関係はなかった。

「あかんもんついたんやわ。」

それでも家にやってくるのはおっさんだった。

私の家に女の人が集まらなくなっても、そんなことは関係なかった。暇なのか、それとも他に何か理由があるのか、おっさんはむしろ前よりも頻繁に我が家に来るようになった。うるさいことを言わないおっさんのことをママも好きだったし(「ちっさい頃から可愛がってもろてん」)、おっさんはレゲエの分野でも博識を誇っていた。家にある古いオーセンティックレゲエやダンスホールレゲエ、果てはレゲトンなんかの7インチレコードを持ってきては、ダミアンを感嘆させていた。

「アメージング！」

時々台所からあまずっぱいような香ばしいようなにおいが漂ってきた。ママに聞くと「ハーブ」と答える。おっさんはハーブを吸うととろんとした眼になって、ますます饒舌になった。

ママは家じゅうのお札を剝がしてしまったけれど、私の部屋の結界は張られたままだった。剝がそうと思ったこともなかったけれど、今の生活それだけで十分おばあちゃんを裏切っているような気がして、毎晩部屋でお祈りをした（そのお祈りも、おばあちゃんに教えてもらったものだった）。

「シンタノモリンシロキャンネ、ヨウヨウオンゴーオマモリヨ。」

ママが捨てようとしたおばあちゃんの遺品も、結果私の部屋に運ぶことにした。だから、私の部屋はおばあちゃんの部屋のようだった。部屋にいるとおばあちゃんがすぐそばにいるように感じたたし、おばあちゃんのいかにも「おばあちゃん」らしいにおい(ママのママからは決して漂ってこなかったにおいだ)は、いつまでたっても消えなかった。

「ヨウヨウオンゴーオマモリヨ。」


新学期が始まると、みんなが自分を見る眼が変わったことに気づいた。

入学式から私は注目の的だった。そういう視線には慣れていたし、それも一、二カ月を過ぎると落ち着くことも分かっていた。おばあちゃんの言う通り私は普通でいたし、特別目立つこともしなかった。容姿は異質でも自分たちと変わらないと分かると、みんな私を放っておいてくれた。

でも私は明らかに変わったのだ。夏休みの間に体重を八キロ増やし、髪の毛をブレイズにしていた。マニキュアはさすがに取って登校したけれど、爪のつけ根には取りきれなかったラメがピカピカ光っていた。

私は早速先生に呼び出された。それは想定の範囲内だった。あらかじめママに言われていた通り、先生には「親を呼んでください」と伝えた。

学校には、ママとダミアンがやって来た。ダミアンの豊かなドレッドは先生をひるませ、私の髪の毛を「校則違反だ」とする気勢を削いだ。

「ジュエルの髪はこうすることが一番落ち着くんです。校則か何か知りませんけど、彼女の髪の毛を無理矢理伸ばさせて他の子と一緒にしようとするなんて、はっきり言って差別やないですか？　それが教育ですか？」

ママは珍しくシックな黒い服を着ていたけれど、それに合わせた黒っぽいメイクをしていた。カシスみたいな色の唇、目の周りを黒く塗って、鼻ピアスも黒だった。

ダミアンも拙《つたな》い日本語で加勢した。ジュエルの髪を否定することは、自分のドレッドも否定することだ、というようなことを、おそらくママに教わった通りに話した。

「……では、地毛の天然パーマという証明を出してください。」

かくして私はこの高校初めて「地毛の天然パーマ」を編むことを許された（同時に「地毛の天然パーマの証明書」なるものを学校に初めてもたらした）生徒になったのだった。

ママは意気揚々としていた。先生を論破する姿はきっと死んだおばあちゃんから見たら「あかんもん」としておまじないが必要な態度だったのだろうけれど、ママはすごく満足そうだった。その姿が思いがけずママのママに似ていると分かったのは、そのほんの数日後だった。

ママのママからは相変わらず音沙汰はなかった。お葬式で会ったあの一度きりになるのだろうなと思っていたけれど、思わぬところでその姿を見ることになった。

ママのママはテレビに映っていた（やっぱりまだややこしいから、これからは名前で呼ぶ。裕子さんだ）。なんでも、裕子さんの出した本が話題になっているらしく、裕子さんは「さはけいのろんきゃく」（後で調べたら「左派系の論客」だった）としてテレビでいろんな人と討論していた。本のタイトルは「レイプされ続けるわたしたち」、センセーショナルなタイトルと美しい裕子さんの姿は視聴者に十分インパクトを与えたみたいで、それ以降いろんな場所で裕子さんの姿を見ることになった。

ママが嫌がるから（ママはテレビに裕子さんが映るとチャンネルを変える）、ママの前では見ないようにしているけれど、「うはけいのろんきゃく」（もちろん右派系の論客）をバッタバッタと切り捨ててゆく姿は、先生を論破していたママとすごくよく似ていた。おばあちゃんが生きていなくて良かったなと思った。おばあちゃんから見たら、裕子さんもきっと「あかんもん」にがっつり取りつかれていることになるからだ。私は裕子さんのために祈った。

「ヨウヨウオンゴーオマモリヨ。」

夏の暑さが和らいだ頃、おっさんのお母さんが死んだ。

九十歳近いと思っていたけれど、実は九十八歳の大往生だった（おっさんは百歳近いお母さんのすねをかじりつづけていたのだ）。私は近所のおばちゃんたち一同と久しぶりに会った。どこか私を避けているようなところがあったおばちゃんたちも、誰かのお葬式にケチをつけるのは気が進まなかったのだろうし、何より私が以前と変わらない（容貌は大いに変わったけれども）のを知ると、徐々に話をしてくれるようになった。

おばちゃんたちの情報だと、おっさんは七十一歳だということだった。随分若く見えるのは、すらりとした体型のおかげなのか、気楽なその生活のおかげだったのか、とにかくおっさんは一人息子で、溺愛されて育ったそうだ。

おっさんはお葬式で人目をはばからず泣いていた。大人の男の人があんな風に泣くのを見るのは初めてだった。みんなもらい泣きしていたし、日本のお葬式初体験のダミアンも目を真っ赤にしていた（ハーブを吸った後はいつも赤くなっていたけれど）。

お葬式には、裕子さんも来た。おっさんが呼んだのだろうか。裕子さんと会うのはお葬式だけだなとふと思った。テレビにたくさん出ているからか、それともお葬式にしか姿を現さないからか、みんな裕子さんのことをチラチラと見ていた。唯一ママだけは圧倒的に裕子さんのことを無視していて、涙にくれるおっさんの背中を撫でながら、毒であるコーラをこれみよがしに飲んでいた。

おばあちゃんが死んだときも、この会館でお葬式をした。おばあちゃんはそのまま隣にある火葬場で焼かれ、敷地内のお墓に入った。おばあちゃんのお墓が見たくなって、私は会場を抜け出した。おばあちゃんのときは通夜ぶるまいが終わっても参列者が絶えなかったけれど、今は人もまばらだ。それが普通なのかもしれない。

おばあちゃんのお墓には、綺麗なお花が供えてあった。私がこないだ来たのは二週間ほど前だから、きっと新たに誰かが来て供えてくれたのだろう。大きな白い菊は、こちらに向かってニカッと歯を出して笑っている生きもののように見えた。

しゃがんでいると脚が痺れたので、制服のままその場に座り込んだ。この制服も結局サイズが合わなくなったので、ママがインターネットを駆使して私の高校の卒業生から格安で譲ってもらったＸＬサイズだ。スカートの襞のところがテカテカと光っている。どんな人が穿いていたのだろう、そうぼんやり思っていると、煙のにおいがした。振り向いたら、おっさんが立っていた。

「おっさん。」

おっさんは返事をせず、私の隣に腰をおろした。主役なのにこんなところにいていいのか、と言おうとしたけれど、主役はおっさんのお母さんなのだと思いなおした。

「疲れたか?」

おっさんは、まだ泣き続けていた。泣きながらここまで歩いて来たのだ。

「ううん。おばあちゃんのお墓を見たかっただけ。」

「そうか。」

おっさんはポケットからフリスクを出して大量に食べた。泣きながら食べた。私にはくれなかった。フリスクやその類のものは大抵人にもあげるものだと思っていたから、ちょっと意外だった。

「おばあちゃんが、」

おっさんが言った。おっさんが「おばあちゃん」と言うのは、私のおばあちゃんのことだ。

「おばあちゃんが死んで、寂しかったか?」

当たり前のことを聞く。

「うん。」

「今も?」

「うん。」

「めっちゃ?」

「めっちゃ。」

「そうか。俺、立ち直れるやろか。めっちゃ、めちゃくちゃ寂しいねんけど。からだがバラバラになりそうなんやけど。」

そう言っておっさんはごしごしと目をこすった。

「ほんまに、めちゃくちゃ寂しいで。」

「どないしよう。」

「そやな。どないしたらええのやろ。」

身内が、それもとても近しい誰かが死ぬ、ということにかけては、私の方が先輩だ。おっさんのお父さんのことは知らないけれど、この様子からして、おっさんは今危機的状態で、私にアドバイスを求めていることは分かる。おっさんは悲しいのだ。とても悲しいのだ。

「でもな、」

「うん。」

「でも……。えっと……」

おっさんに言うことが浮かばない。いくら慰めても、おっさんの悲しさを変えることは出来ない。おっさんはじっと私のことを見ている。じっと。困ったな、そう思ったとき、

「よしえ。」

おばあちゃんの声が聞こえた。

時々こうやって、おばあちゃんの声は聞こえた。ママに髪の毛を編んでもらっているとき、レゲエのリズムに体を揺らしているとき、ママがおばあちゃんのお札をはがしているのを見るとき、私がジュエル然として生きようとしているとき。

「よしえ。」

あんなに嫌だった「よしえ」なのに、恋しい。ジュエルとして生きてゆくことが嬉

しいのに、ほっとしているのに、「よしえ」こそ私なんじゃないかと思ってしまう。そしてそれがなんだか、すごく苦しい。

「わたし、おばあちゃんのこと大好きやってん。」

おっさんが欲しい答えではないかもしれないけれど、ていうかきっとそうだけど、でも正直であろうと思った。七十一歳のおっさんが、十五歳の私の前で、こんなに全力で泣き顔を見せてくれているのだ（フリスクは絶対にくれないけれど）。

「知ってるよ。わしもや。」

「おっさんも好きやったよな。おばあちゃんのこと。」

「好きやった。大好きや。太陽みたいな人やろ。」

「うん。」

「いや月か。火星？　うーん、木星かなぁ。」

「何せ好きやった？」

「好きやった、大好きやった。」

おっさんはまた目をごしごしこすった。

「でもうちな、ママのことも好きやねん。」

「あ、うん。」

「大好きやねん。ほんでな。裕子さん、ママのママのことも、格好ええなぁって思うねん。」

「そうか。」

「なんか、おばあちゃんに申し訳なく思ってまう。おばあちゃんはママのことも裕子さんのこともなんていうか。」

「あかんもんついて、て言うてたもんな。」

「うん。最近はな、」

「うん。」

「シンタノモリンシロキャンネ、ヨウヨウオンゴーオマモリヨ。合ってる?」

「合ってる。よう覚えてんな。」

「ううん、おまじないも忘れ始めてるねん。おまじないそのものを忘れてもうてるんやなくて、言うのを忘れるときがある。ママといると。裕子さんを見てると。おばあちゃんのことをどんどん忘れていってるみたいで、うち。」

私のこのからだには、おばあちゃんの血も、裕子さんの血も、ママの血も流れている。そのどれも私を作っていて、どれも私で、でも時々、自分がバラバラになりそうになる。何かに強く寄り添うと、他の何かをおろそかにしているような、他の何かを裏切っているような。おっさんの言うバラバラではなくて、もっと「あかん」バラバラ。

「ごめんな。おっさんの質問に答えられてへんよな。」

おっさんは、しばらく考えていた。私の目をじっと見ている。他の人にこんな風に見られたらきっと居心地が悪いだろうけれど、おっさんだったら平気だった。それもまた、おっさんが皆に好かれる所以《ゆえん》なのだろうと思う。絶対に誰も脅かさないおっさん。

「お前プロレス好きやっけ？」

おっさんが言った。まだ涙に濡れた眼は真っ赤に染まって、やっぱりハーブを吸った後みたいに見える。今では、盛大に鼻水も垂らしている。

「プロレス？」

「うん。」

「好きとか分からん。おっさんが話すのを聞いてただけやから。」

「わし、藤波辰爾《ふじなみたつみ》の話したことあったっけ？　ドラゴン？」

「ドラゴン？　なんとなく。」

藤波辰爾という人がドラゴンと呼ばれていたこと、そしておっさんがドラゴンの大ファンだったことは知っていた。

「藤波にはな、必殺技があってん。ドラゴンスープレックス、な。ジャーマンスープレックスの変形やけどな、腕と首を固定して投げるからめっちゃ危ないねん。それでな、あるときから藤波はそれを禁じ手にしてん。」

正直おっさんの言っていることはほとんど分からなかったけれど、おっさんが泣き止みそうなのでうなずいておいた。

「でもな、維新軍が全日に移籍したときにな、解禁してん。自らな。」

「うん。」

「プロモーターや相手選手に言われたのかもせーへんで。でもな、結局決めたのは藤波やろ？　禁じ手にしたのも、解禁したのも藤波や。」

「うん。」

「なんの話やっけ？」

「ドラゴンスープレックス。」

「違う、その前。お前が話してたこと。」

「ああ、えっと、おばあちゃんのこと。」

「あ、まじないや！　そう、まじないや縁起なんてな、自分で決めるもんやねん。だってな、自分が幸せになるためのもんやろ？　それに囚われるのはおかしいやんか。」

思いがけないところで繋がった（いや、繋がったのだろうか？）。おっさんはまたフリスクを大量に食べた。新品を開けたけれど、今度もやっぱり、一粒もくれなかった。

「おばあちゃんもな、お前に呪いをかけたんと違うんや。お前のこと愛して、愛して、幸せになってほしかったんや。それは今も変わらん、死んでも絶対にな。裕子も息吹（言い忘れてたけど、ママの名前だ）もな、それはそれは愛されたんや。」

「そう？」

「そらそうや！　シンタノモリンシロキャンネ、ヨウヨウオンゴーオマモリヨ、ていうそれな。ヨウヨウオンゴーオマモリヨはな、ようようおなごをお守りくださいって言ってるねん。」

「そうなん？」

「知らん。でもそうやろ普通、ていうか意味はなんでもええのや、おまじないなんやから。自分が幸せになる解釈をしたらええのや。」

「そうか。」

「おばあちゃんはずっと、裕子と息吹とお前のことな、ようようお守りくださいって言うてたんや。それでええやろ？」

「うん。上の部分は？」

「知らん。分からん。」

「そうか。」

「おばあちゃんは心配しとったし色々言うとったけどな、ふたりが幸せやったらそれで良かったんや。ほんでふたりも、それを分かっとったと思う。」

「うん。」

自由なふたり、奔放なふたり、おばあちゃんに心配をかけ続けたふたり。だけど、ふたりを見ていると、愛された人間特有の健やかさを感じることがあった。というより、よく感じた。

「お前は呪われてるんと違うねん。おまじないはお前を呪ってへんねん。あとな、お前のすべてもお前を呪ってへんねん。お前がお前であること、例えばその髪の毛とか肌の色とかな、それはもちろんお前が選ばれへんかったもんやけど、お前はその容姿やから、その血やからお前でおるわけやないねん。お前がお前やと思うお前が、そのお前だけが、お前やねん。」

「うん。」

「お前が決めてええねん。」

おっさーん、誰かが呼ぶ声が聞こえる。

「うん。」

おっさーん、歌うようなその声は、お葬式に似つかわしくなかった。でも、おっさんはすっかり泣き止んでいたし、愛されたおっさんにはこんな風に明るい雰囲気の方が似合った。実際おっさんは、はーい、と、可愛らしい声を出した。おっさんは女の人が好きなのだ。心から。

「行くわ。」

「うん。」

立ち上がるとき、おっさんの膝がポキッと音を立てた。

お葬式が終わってから、裕子さんが家に来た。ラスタカラー、タイダイ、すっかり様変わりした家を見て顔をしかめていたけれど、特別何も言わなかった。おばあちゃんの仏壇にお線香をあげ、持ってきた水筒から何かを飲んだ。きっと毒ではない何かだ。

私はパソコンを立ち上げ、動画でドラゴンスープレックスを何度も見た。ダミアンがかけたレゲエが心地よくて、思わず体をゆすった。私はレゲエが大好きだ（そしてそのときから、急速にプロレスにはまってゆくことにもなる）。

いつの間にか裕子さんが居間からいなくなっていた。気配がしてそっと台所を覗くと、ママと裕子さんが「ハーブ」を吸っていた。ふたりで吸っていた。

対談
どんなときでも、寄り添ってくれる言葉
長濱ねる
西加奈子

長濱　わたしが『おまじない』の単行本を手に取ったきっかけは、西さんが出演されていた「王様のブランチ」を見た友達が「ねる、ぜったいこれ読んだほうがいい。ねるのことを思い出した」と連絡をくれたことだったんです。そこで西さんは「世間で「いい子ぶってる」と言われるひとも、本当にいい子なんだ」とおっしゃっていて、もちろんそれまでに西さんの作品を好きで読んでいたんですけど、その言葉の意味を詳しく知りたい、と気になってしまって、すぐに本屋さんで買って読みました。
　そのときは「孫係」が印象に残ったんです。「正直なことと優しいことは別」と言うおじいさんの言葉が「たしかにそうだよな」ってとても刺さりました。いま、さば

さばした女子がいいとされる風潮に感じるのですが、わたしは正反対にいて、なかなかさばさばになりきれなくて。でも、さばさばしてるのと思ったことをぜんぶ正直に言うのは違うなという気持ちもあって、「正直なことと優しいことは別」という言葉が響いたんです。

最近、このお話をいただいて読み返したら、感じ方も気になる作品も変わっていることに驚きました。今回読んだときは「あねご」に一番共感しました。社会に出て、年上の方も含めいろんな人たちと接していると、だれか特定のひとを馬鹿にしたときに、こいつは馬鹿にしていいんだとみんなが暗黙の了解でいじっていくことがあったりして、そういうのを見るのが本当にいやで。それがなぜいやなのか、「あねご」には切実に書かれていて、すごく腑に落ちて心に染みました。そのほかの短編も時間が経って読み返すことでわかることがたくさんあり、何回読んでも、自分にとってのヒントやおまもりになる言葉が見つかる魔法の本だとあらためて感じました。

西　「孫係」は『おまじない』の中でいちばん反響の多かった話で、「いちばん好きです」とよくお手紙もいただくんだけど、それはつまり、やっぱりみんないい子だからなんだよね。「孫係」を書いた理由のひとつには、ベッキーさんがバッシングされたときに、というか、ああいう騒動になる前から、「ああいう子ほどじつは…」とか「いい子ぶりっこだよね」って言われてて、「その邪推いるか？」ってずっと思ってたのがあったのね。たとえもし、万が一、彼女が本当にいい子ぶりっ子だったとしても、あれだけ誠実で優しい態度を差し出してくれてるのなら、それは逆にナチュラルにいい子の百倍努力してるわけで、わたしたちはその態度をただ受け取っておけばええやん。邪推の時間いらんやんやん、と。あとは「マタニティ」ともかぶる話なんだけど、近年、PC（ポリティカルコレクトネス）が日本でも意識されるようになって、正しい言葉を使うのが一般的になってきているでしょう。それは本当に素晴らしいことだと思うし、これからも意識的にも無意識にも誰かをいたずらに傷つけることはやめたい。でも一方で、仲間内で悪口言うのくらい許してくれよという気持ちもあるのね（笑）。そんなにずっと正しくおられへんねん。例えば誰かにムカついて、どうにもおさまらないことがあったときにもちろんそれを誠実に相手に伝えることが正しいし、陰で悪口言うなんてなんの発展もない醜い時間だと分かってはいるのやけど、「いや、その醜い時間ないと無理！」って時があって（笑）。地元の友達に「ちょっとさー、聞いて聞いて」と話すんだけど、「〇〇って人がさー、まじムカついて」と言うと、「〇〇って名前からしてダサいやん」って秒で返してくる（笑）。そんなんPC的に完全にアウトやし、しかも普通の名前やし（笑）。でも友達がなんかもうめっちゃひどいこと言ってくれてるのを聞くと、自分の怒りが冷めていくし、何より笑けてくるのね。友達はその知らない○○のことをどれだけ悪く言っても、直接本人に言ったり、SNSで「おまえの名前ちょーダサい」とかクソリプをとばすわけじゃないし、ただわたしの泥みたいな気持ちを友達として解消してくれようとしてるだけなんだよね。そういう友達とのやりとりってわたしにとってとても大事やから、それが、素敵な老夫婦、だけど醜い時間も共有している、という祖父母のキャラクターになっているんです。

長濱　すごくわかります。以前、西さんがくれたお手紙の返事で、芸能人がバッシングに遭うことについて「こういうのも有名税って言うのだとしたら、税金高すぎ！」と書かれていて、読んでいて涙が出ました。わたしにとって、「税金高すぎ！」って一緒に怒ってくれることもあれば、隣に寄り添って温かなハグをしてくれたり、またあっけらかんと不幸を笑い飛ばしてくれたりする西さんの言葉は親しい友達のように、いつでもわたしを救ってくれるおまじないなんです。

西　長濱さんがデビューした十七歳から二十二歳のいまに至るまで経験してきたこと

は、わたしの十七歳から二十二歳に比べたらはるかに過酷やんね。ただのド素人のわたしでさえ、社会が突きつけてくるものと本当の自分のあいだで葛藤があって苦しかったのに、長濱さんは大勢の注目を集める場所で、しかもあらゆるジャッジに晒されながらずっと仕事されてきたわけだから。アイドルの仕事が難しいのは、十七歳という未成年の未熟さやいわゆる「清純」を求められる一方で、性的な対象としても見られることは許さないといけない。なにそのダブルスタンダード、って。また、昔と違って、芸能人が雲の上のひとじゃなくて、隣にいるかもしれない、会うこともできるって親しみやすさが売りになっているところもあって、特別な存在であると同時に庶民的でもなきゃいけないというムチャな期待をかけられてるし。

長濱　二十歳でアイドルを卒業して、一年間芸能界のお仕事を受けずにひとりで考える時間があったんですけど、偶像であり身近な存在でもあるアイドルを務めていて、けっきょく自分は何を評価されているんだろうと考えてしまったんです。歌がうまい、曲を作れる、また小説を書けるというのは、その作品やパフォーマンスが評価されるわけですけど、自分の場合だと頑張っている姿勢や若さとか雰囲気を見られていて、もちろんそれで誰かが勇気づけられたり楽しんでくれるのは嬉しいですけど、ひょっとしたら自分でなくてもいいんじゃないか、わたしが本当に評価されているのは何なんだろうという気持ちになりました。こんな人なのだろうと想像で全然違う像が作り上げられていったり、その像を否定されたりしていくうちに、自分自身の人格が否定されているように感じることもありました。でも、これは実力も経験もないわたしがアイドルというだけで紅白やミュージックステーションみたいな大舞台に立たせてもらった代償なのかもしれないとも思いました。

だから、いま、手を使った仕事をしたい、ちゃんと自分の力でこれを作りましたと思える仕事をしたいという気持ちが強くあるんです。

西 そこまでぜんぶ自分で背負い込む必要はないよ。「代償」っていうのは「有名税」みたいな言葉と同じで、長濱さんに我慢をさせる呪いの言葉でしかないから。少なくとも若いうちはそんなこと思わなくていい。『ダ・ヴィンチ』のエッセイの連載とか書く仕事も始めたんだよね。すごく読みたいです。

長濱 ありがとうございます。書くことが楽しいです。『おまじない』の最後の「ドラゴン・スープレックス」で主人公が言われる「お前がお前やと思うお前が、そのお前だけが、お前やねん」という言葉が大好きで、読むたびにうなずくんです。

西　それをこの対談で長濱さんにどうしても言いたくて、でも言ったらめちゃくちゃ宣伝感出るなと思って言わなかったんだけど（笑）、本当に長濱さんが思う長濱さんだけが長濱さんやねん。長濱さんは長濱さん自身と誰よりも付き合い長いんだから、そんなん自分が一番わかってるはずやねん。それを「有名税」とか「代償」とか言って取り上げようとする人の意見は聞かなくていいよ。

長濱　やっぱり西さんの言葉はわたしもそうだし、たくさんの人々を救ってくれているんだよな、とつくづく感じます。

西　もしそうだとしたら、誰よりも自分が救われたいと思っているからだと思う。よき人間でありたいと思ってるんだけど、ズルくて弱くて影響されやすい自分も、どうしてもいるのね。「マタニティ」に書いたとおりで、妊娠したとき、ずっと不妊治療をしてやっと授かった子だったからか「よっしゃー！　よき母になるでー」って気合が入ってた（笑）。検診に行くと、とにかくストレスがないようにって言われるんだけど、ストレスなく生きるって不可能やん。ストレスなくと言われたのがストレスになって顔が歪むみたいな（笑）。でも、よく考えたらその当時ほぼ四十年間わたしは「わたし」として生きてきたのに、なんで子供ができたこの数カ月で劇的に変わらなあかんねんと思って（笑）。もちろん子供のことは大事だし、自分の都合で産むわけだし、できるかぎりのことはするけど、こっちももう「わたし」を四十年近くやってるんで、このバイアスは許してくれ、と思ったのね。君の母親は全然正しくないし、強くないよ、ただとにかくめっちゃ愛してるよ、って。

いま子供は三歳なんだけど、例えば、公園で友達と遊んでいて、子供が裸足で遊び始めたら他の子も裸足になるわけ。わたしは、少しくらい足を切っても、それで学ぶし、かまわないと思ってるんだけど、他のお母さんが裸足ダメ！って言ったら、自分の子だけＯＫ、と言うわけにはいかなくて。そのとき、「靴履かなあかんよ」と言うんだけど、こっそり「お母さんはほんまは裸足でいいと思ってる。でもダメというお母さんもいるから、空気読んでこう言ってるねん。ごめんな」って言っちゃう。そう言われるとやっぱり子供は混乱するんだけど、本当のことを言ってるということだけは伝わるのね。なんか使命感みたいなものを持って履いてくれる。言葉にはしないけど、「オッケー、ここはうまくやるわ」みたいな（笑）。もちろん態度として正しいのは「うちの子は裸足でいいんです」と他のお母さんに伝えたり、「他の子と同じでなくていいんだよ」と子供に貫ける母なんだろうけど、私は周りに迎合しちゃう。でも、ただただ「履きなさい」と言うのは違うと思ってて。とにかく自分の弱さを見せて説明したい。

長濱　そんなふうにお子さんと向き合う西さんがとてもとても素敵で、真似したいです。人間関係全般においても、弱さを隠さないほうがひとに信用してもらえるのかなと思うことがあって。

西　『おまじない』は弱さを認めるということがひとつの大きなテーマとしてあったんだよね。弱い自分を認めることは怖いけど、そうしないと自分を好きになれないと思うので。

長濱　西さんは本を書くときに、こういうテーマで書こうと決めてから書き始めるんですか。

西　小説によるかな。『おまじない』の場合だと、まず女の子のことを書きたいというのがあったのね。女の子が生きていくときに、例えば女だから得してるって言われるけど、べつにそんな得なんて欲しいとも思ってないから楽に生きさせてよ、女の子は女の子であるだけでふつうにしんどいねん、ということを書きたくて。そしてもちろん男性も男性として生きるしんどさはあるよね。特に今の時代は、無茶苦茶なことをやり散らかしたおじさんが目立つから（笑）、優しくて誠実なおじさんが生きづらくなっていたり。それでおじさん、とりわけ社会的にアウトサイダーとして軽んじられるおじさんをなるべく登場させて、両者とも楽になればいいなと思ったのね。でも、ほんとに書き方はいろいろで、ニュースを見ていて印象に残ったトピックが自然と出てきたり、ある一文がふっと浮かんで書き始めたり。ただ、最近はとにかく自分に正直であろうというのが指針になってるかな。小説は基本作り話、嘘なわけやけど、でも、嘘をついている感覚で書くことはしない。例えば「この表現もっと賢そうに見せたい」とか「作家として正しい態度であると思われたい」っていう自分の思いを小説に込めるのは、私の中で嘘やん、と思う。

長濱　なるほど。

西　日常でも、例えば自分を良く見せるために嘘をついてしまったときに、それが誰にもバレてなくても自分がわかっていることは一番辛いじゃない？　でも、嘘をつかずに清廉潔白で正直に生きるというのもやっぱり無理だから、「嘘をついてしまった」と言っていく、そういう正直さなら遂行できると思って（笑）。

長濱　その考え方も真似させてください！　西さんはこれまで何歳のときが一番楽し

かったですか。

西　いまがめっちゃ楽しいな。でも、やっぱり三十代のときが、ある程度お金が入って一人で自由に生活できて最高やったかな。逆に二十代はしんどかった。自分とひとを比べて落ちこむことも多かったし、二十代ってずうずうしくなれないんだよね。「西さん、素敵ですね」と言われても反射的に「ぜんぜん、わたしなんて」とか言っちゃう。三十歳過ぎると反射神経がにぶくなって（笑）「ありがとうございます！」って素直に受け取れるようになったし、それで「やだー、このひと、お世辞を真に受けてるー」と思われても、それはそう思う人のほうが不幸なんだと思えるようになった。とにかく年を取るといいこといっぱいあるよ。

長濱　未来のことをすごく考えるんです。いまはまだ生きづらいけど、未来はきっと素晴らしいはずだって。

西　ぜったい素晴らしいよ、わたしが保証するし、保証したからにはそういう未来を作っていかないといけないね。とりあえず長濱さんが年を重ねてゆく上で、年齢が枷になる未来にはしたくないな。例えば三十過ぎたらおばさんとかおばさんになったら終わりとか、私たちが若い頃はふつうに言われてたけど、そんなん誰が決めたんっていう。四十歳を過ぎて思うのは、まじでぜんぜんそんなことないし、何歳からでも何でもできる。これからもっともっと人生楽しくなると思うよ。

長濱　すごく楽しみになってきました。時々立ち止まって「おまじない」を読み返します。この本はずっとどこまでも私に寄り添っていてくれる気がしています。

（ながはま・ねる　タレント）

（にし・かなこ　作家）

本書は、二〇一八年三月、筑摩書房より刊行された。

沈黙博物館　小川洋子

「形見じゃ」老婆は言った。死の完結を阻止するために形見が盗まれる。死者が残した断片をめぐるやさしくスリリングな物語。（堀江敏幸）

星間商事株式会社社史編纂室　三浦しをん

二九歳「腐女子」川田幸代、社史編纂室所属。恋の行方も友情の行方も五里霧中。仲間と共に「同人誌」を武器に社の秘められた過去に挑む!?（金田淳子）

つむじ風食堂の夜　吉田篤弘

それは、笑いのこぼれる夜。――食堂は、十字路の角にぽつんとひとつ灯をともしていた。クラフト・エヴィング商會の物語作家による長篇小説。

通天閣　西加奈子

このしょーもない世の中に、救いようのない人生に、ちょっぴり暖かい灯を点す驚きと感動の物語。第24回織田作之助賞大賞受賞作。（津村記久子）

この話、続けてもいいですか。　西加奈子

ミッキーこと西加奈子の目を通すと世界はワクワク、ドキドキ輝く。いろんな人、出来事、体験がてんこ盛りの豪華エッセイ集！（中島たい子）

君は永遠にそいつらより若い　津村記久子

22歳処女。いや「女の童貞」と呼んでほしい――。日常の底に潜むうっすらとした悪意を独特の筆致で描く。第21回太宰治賞受賞作。（松浦理英子）

アレグリアとは仕事はできない　津村記久子

彼女はどうしようもない性悪だった。すぐ休み単純労働をバカにし男性社員に媚を売る。大型コピー機とミノベとの仁義なき戦い！（千野帽子）

まともな家の子供はいない　津村記久子

セキコには居場所がなかった。うちには父親がいる。うざい母親、テキトーな妹。まともな家なんてどこにもない！　中3女子、怒りの物語。（岩宮恵子）

こちらあみ子　今村夏子

あみ子の純粋な行動が周囲の人々を否応なく変えていく。第26回太宰治賞、第24回三島由紀夫賞受賞作。書き下ろし「チズさん」収録。（町田康／穂村弘）

さようなら、オレンジ　岩城けい

オーストラリアに流れ着いた難民サリマ。言葉も不自由な彼女が、新しい生活を切り拓いてゆく。第29回太宰治賞受賞・第150回芥川賞候補作。（小野正嗣）

冠・婚・葬・祭　中島京子

人生の節目に、起こったこと、出会ったひと、考えたこと。冠婚葬祭を切り口に、鮮やかな人生模様が描かれる。第143回直木賞作家の代表作。（瀧井朝世）

とりつくしま　東直子

死んだ人に「とりつくしま係」が言う。モノになってこの世に戻れますよ。妻は夫のカップに弟子は先生の扇子になった。連作短篇集。（大竹昭子）

虹色と幸運　柴崎友香

珠子、かおり、夏美。三〇代になった三人が、人に会い、おしゃべりし、いろいろ思う一年間。移りゆく季節の中で、日常の細部が輝く傑作。（江南亜美子）

星か獣になる季節　最果タヒ

推しの地下アイドルが殺人容疑で逮捕!? 僕は同級生のイケメン森下と真相を探るが――。歪んだピュアネスが傷だらけで疾走する新世代の青春小説！

ピスタチオ　梨木香歩

棚(たな)がアフリカを訪れたのは本当に偶然だったのか。不思議な出来事の連鎖から、水と生命の壮大な物語「ピスタチオ」が生まれる。（管啓次郎）

図書館の神様　瀬尾まいこ

赴任した高校で思いがけず文芸部顧問になってしまった清(きよ)。そこでの出会いが、その後の人生を変えてゆく。鮮やかな青春小説。（山本幸久）

マイマイ新子　髙樹のぶ子

昭和30年山口県国衙。きょうも新子は妹や友達と元気いっぱい。戦争の傷を負った大人、変わりゆく時代、その懐かしく切ない日々を描く。（片渕須直）

話虫干　小路幸也

夏目漱石「こころ」の内容が書き変えられた！ それは話虫の仕業。新人図書館員が話の世界に入り込み、「こころ」をもとの世界に戻そうとするが……。

包帯クラブ　天童荒太

傷ついた少年少女達は、戦わないかたちで自分達の大切なものを守ることにした。生きがたいと感じるすべての人に贈る長篇小説。大幅加筆して文庫化。

うれしい悲鳴をあげてくれ　いしわたり淳治

作詞家、音楽プロデューサーとして活躍する著者の小説&エッセイ集。彼が「言葉」を紡ぐと誰もが楽しめる「物語」が生まれる。（鈴木おさむ）

命売ります　三島由紀夫

自殺に失敗し、「命売ります。お好きな目的にお使い下さい」という突飛な広告を出した男のもとに、現われたのは？（種村季弘）

三島由紀夫レター教室　三島由紀夫

五人の登場人物が巻き起こす様々な出来事を手紙で綴る。恋の告白・借金の申し込み・見舞状等、一風変ったユニークな文例集。（群ようこ）

コーヒーと恋愛　獅子文六

恋愛は甘くてほろ苦い。とある男女が巻き起こす恋模様をコミカルに描く昭和の傑作が、現代の「東京」によみがえる。（曽我部恵一）

七時間半　獅子文六

東京―大阪間が七時間半かかっていた昭和30年代、特急「ちどり」を舞台に乗務員とお客たちのドタバタ劇を描く隠れた名作が遂に甦る。（千野帽子）

悦ちゃん　獅子文六

ちょっぴりおませな女の子、悦ちゃんがのんびり屋の父親の再婚話をめぐって東京中を奔走するユーモアと愛情に満ちた物語。初期の代表作。（窪美澄）

笛ふき天女　岩田幸子

旧藩主の息女に生まれ松方財閥に嫁ぎ、四十歳で作家獅子文六と再婚。夫、文六の想い出と天女のような純真さで爽やかに生きた女性の半生を語る。

青空娘　源氏鶏太

主人公の少女、有子が不遇な境遇から幾多の困難にぶつかりながらも健気にそれを乗り越え希望を手にする日本版シンデレラ・ストーリー。（山内マリコ）

最高殊勲夫人　源氏鶏太

野々宮杏子と三原三郎は家族から勝手な結婚話を迫られるも協力してそれを回避する。しかし徐々に惹かれ合うお互いの本当の気持ちは……。（千野帽子）

カレーライスの唄　阿川弘之

会社が倒産した！　どうしよう。美味しいカレーライスの店を始めよう。若い男女の恋と失業と起業の奮闘記。昭和娯楽小説の傑作。（平松洋子）

せどり男爵数奇譚　梶山季之

せどり＝掘り出し物の古書を安く買って高く転売することを業とすること。古書の世界に魅入られた人々を描く傑作ミステリー。（永江朗）

遠い朝の本たち　須賀敦子
一人の少女が成長する過程で出会い、愛しんだ文学作品の数々を、記憶に深く残る人びとの想い出とともに描くエッセイ。（末盛千枝子）

おいしいおはなし　高峰秀子編
向田邦子、幸田文、山田風太郎……著名人23人の美味な思い出。文学や芸術にも造詣が深かった往年の大女優・高峰秀子が厳選した珠玉のアンソロジー。

るきさん　高野文子
のんびりしていてマイペース、だけどどっかヘンテコな、るきさんの日常生活って？　独特な色使いが光るオールカラー。ポケットに一冊どうぞ。

それなりに生きている　群ようこ
日当たりの良い場所を目指して仲間を蹴落とすカメ、迷子札をつけているネコ、自己管理している犬。文庫化に際し、二篇を追加して贈る動物エッセイ。

うつくしく、やさしく、おろかなり　杉浦日向子
生きることを楽しもうとしていた江戸人たち。彼らの紡ぎ出した文化にとことん惚れ込んだ著者がその思いの丈を綴った最後のラブレター。（松田哲夫）

ねにもつタイプ　岸本佐知子
何となく気になることにこだわる、ねにもつ。思索、奇想、妄想はばたく脳内ワールドをリズミカルな名短文でつづる。第23回講談社エッセイ賞受賞。

回転ドアは、順番に　穂村弘　東直子
ある春の日に出会い、そして別れるまで。気鋭の歌人ふたりが、見つめ合い呼吸をはかりつつ投げ合う、スリリングな恋愛問答歌。（金原瑞人）

絶叫委員会　穂村弘
町には、偶然生まれては消えてゆく無数の詩が溢れている。不合理でナンセンスで真剣だからこそ可笑しい、天使的な言葉たちへの考察。（南伸坊）

杏のふむふむ　杏
連続テレビ小説「ごちそうさん」で国民的な女優となった杏が、それまでの人生を、人との出会いをテーマに描いたエッセイ集。（村上春樹）

月刊佐藤純子　佐藤ジュンコ
注目のイラストレーター（元書店員）のマンガエッセイが大増量してまさかの文庫化！　仙台の街や友人との日常を描く独特のゆるふわ感はクセになる！

品切れの際はご容赦ください

吉行淳之介ベスト・エッセイ　吉行淳之介　荻原魚雷 編

創作の秘密から、ダンディズムの条件まで。「文学」「男と女」「紳士」「人物」のテーマごとに厳選した、吉行淳之介の入門書にして決定版。（大竹聡）

田中小実昌ベスト・エッセイ　田中小実昌　大庭萱朗 編

東大哲学科を中退し、バーテン、香具師などを転々とし、飄々とした作風とミステリー翻訳で知られるコミさんの厳選されたエッセイ集。（片岡義男）

山口瞳ベスト・エッセイ　小玉武 編

サラリーマン処世術から飲食、幸福と死まで。——幅広い話題の中に普遍的な人間観察眼が光る山口瞳の豊饒なエッセイ世界を一冊に凝縮した決定版。

色川武大・阿佐田哲也ベスト・エッセイ　色川武大／阿佐田哲也　大庭萱朗 編

二つの名前を持つ作家のベスト。文学論、落語からタモリまでの芸能論、ジャズ、作家たちとの交流も。もちろん阿佐田哲也名の博打論も収録。（木村紅美）

開高健ベスト・エッセイ　開高健　小玉武 編

文学から食、ヴェトナム戦争まで——おそるべき博覧強記と行動力。「生きて、書いて、ぶつかった」開高健の広大な世界を凝縮したエッセイを精選。

中島らもエッセイ・コレクション　中島らも　小堀純 編

小説家、戯曲家、ミュージシャンなど幅広い活躍で没後なお人気の中島らもの魅力を凝縮！　酒と文学とエンターテインメント。（いとうせいこう）

文房具56話　串田孫一

使う者の心をときめかせる文房具。どうすればこの小さな道具が創造力の源泉になりうるのか。文房具の想い出や新たな発見、工夫や悦びを語る。

ぼくは散歩と雑学がすき　植草甚一

1970年、遠かったアメリカ。その風俗、映画、本、音楽から政治までをフレッシュな感性と膨大な知識、貪欲な好奇心で描き出す代表エッセイ集。

快楽としてのミステリー　丸谷才一

ホームズ、007、マーロウ——探偵小説を愛読して半世紀、その楽しみを文芸批評とゴシップを駆使して自在に語る、文庫オリジナル。（三浦雅士）

超発明　真鍋博

昭和を代表する天才イラストレーターが、唯一無二のSF的想像力と未来的発想で〝夢のような発明品〟129例を描き出す幻の作品集。（川田十夢）

ねぼけ人生〈新装版〉 水木しげる

戦争で片腕を喪失、紙芝居・貸本漫画の時代と、波瀾万丈の人生を、楽天的に生きぬいてきた水木しげるの、面白くも哀しい半生記。（呉智英）

「下り坂」繁盛記 嵐山光三郎

人の一生は、「下り坂」をどう楽しむかにかかっている。真の喜びや快感は「下り坂」にあるのだ。あちこちにガタがきても、愉快な毎日が待っている。

向田邦子との二十年 久世光彦

あの人は、あり過ぎるくらいあった始末におえない胸の中のものを誰にだって、一言も口にしない人だった。時を共有した二人の世界。（新井信）

旅に出る ゴトゴト揺られて本と酒 椎名誠

旅の読書は、漂流モノと無人島モノと一点こだわりガンコ本！ 本と旅とそれから派生していく自由な思いのつまったエッセイ集。（竹田聡一郎）

昭和三十年代の匂い 岡崎武志

テレビ購入、不二家、空地に土管、トロリーバス、くみとり便所、少年時代の昭和三十年代の記憶をたどる。巻末に岡田斗司夫氏との対談を収録。

本と怠け者 荻原魚雷

日々の暮らしと古本を語り、古書に独特の輝きを与えた「ちくま」好評連載「魚雷の眼」を、一冊にまとめた文庫オリジナルエッセイ集。（岡崎武志）

増補版 誤植読本 高橋輝次編著

本と誤植は切っても切れない!? 恥ずかしい打ち明け話や、校正をめぐるあれこれなど、作家たちが本音を語り出す。作品42篇収録。（堀江敏幸）

わたしの小さな古本屋 田中美穂

会社を辞めた日、古本屋になることを決めた。倉敷の空気、古書がつなぐ人の縁、店の生きものたち……。女性店主が綴る蟲文庫の日々。（早川義夫）

ぼくは本屋のおやじさん 早川義夫

22年間の書店としての苦労と、お客さんとの交流。どこにもありそうで、ない書店。30年来のロングセラー！（大槻ケンヂ）

たましいの場所 早川義夫

「恋をしていいのだ。今を歌っていくのだ」。心を揺るがす本質的な言葉。文庫用に最終章を追加。帯文＝宮藤官九郎 オマージュエッセイ＝七尾旅人

品切れの際はご容赦ください

ギリシア悲劇（全4巻）

荒々しい神の正義、神意と人間性の調和、人間の激情と心理。三大悲劇詩人（アイスキュロス、ソポクレス、エウリピデス）の全作品を収録する。

バートン版
千夜一夜物語（全11巻）
大場正史訳
古沢岩美・絵

めくるめく愛と官能に彩られたアラビアの華麗な物語――奇想天外の面白さ、世界最大の奇書の名訳による決定版。鬼才・古沢岩美の甘美な挿絵付。

ガルガンチュア
ガルガンチュアとパンタグリュエル1
フランソワ・ラブレー
宮下志朗訳

巨人王ガルガンチュアの誕生と成長、冒険の数々、さらに戦争とその顛末……笑いと風刺が炸裂するラブレーの傑作を、驚異的に読みやすい新訳でおくる。

文読む月日（上・中・下）
トルストイ
北御門二郎訳

一日一章、一年三六六章。古今東西の聖賢の名言・箴言を日々の心の糧となるよう、晩年のトルストイが心血を注いで集めた一大アンソロジー。

ランボー全詩集
アルチュール・ランボー
宇佐美斉訳

束の間の生涯を閃光のようにかけぬけた天才詩人ランボー――稀有な精神が紡いだ清冽なテクストを、世界的ランボー学者の美しい新訳でおくる。

ボードレール全詩集Ⅰ
シャルル・ボードレール
阿部良雄訳

詩人として、批評家として、思想家として、近年重要度を増しているボードレールのテクストを世界的な学者の個人訳で集成する初の文庫版全詩集。

高慢と偏見（上・下）
ジェイン・オースティン
中野康司訳

互いの高慢さから偏見を抱いて反発しあう知的な二人がやがて真実の愛にめざめてゆく……絶妙な展開で深い感動をよぶ英国恋愛小説の名作の新訳。

分別と多感
ジェイン・オースティン
中野康司訳

冷静な姉エリナーと、情熱的な妹マリアン。好対照をなす姉妹の結婚への道を描くオースティンの永遠の傑作。読みやすくなった新訳で初の文庫化。

荒涼館（全4巻）
C・ディケンズ
青木雄造他訳

上流社会、政界、官界から底辺の貧民、浮浪者まで巻き込んだ因縁の訴訟事件。小説の面白さをすべて盛り込み壮大なスケールで描いた代表作。（青木雄造）

ソーの舞踏会
バルザック
柏木隆雄訳

名門貴族の美しい末娘は、ソーの舞踏会で理想の男性と出会うが身分は謎だった……驕慢な娘の悲劇を描く表題作に、『夫婦財産契約』『禁治産』を収録。

コスモポリタンズ　サマセット・モーム　龍口直太郎訳
舞台はヨーロッパ、アジア、南島から日本まで。故国を去って異郷に住む〝国際人〟の日常にひそむ事件のかずかず。珠玉の小品30篇。（小池滋）

眺めのいい部屋　E・M・フォースター　西崎憲／中島朋子訳
フィレンツェを訪れたイギリスの令嬢ルーシーは、純粋な青年ジョージに心惹かれる。恋に悩み成長する若い女性の姿と真実の愛を描く名作ロマンス。

ダブリンの人びと　ジェイムズ・ジョイス　米本義孝訳
20世紀初頭、ダブリンに住む市民の平凡な日常をリアリズムに徹した手法で描いた短篇小説集。リズミカルで斬新な新訳。各章の関連地図と詳しい解説付。

オーランドー　ヴァージニア・ウルフ　杉山洋子訳
エリザベス女王お気に入りの美少年オーランドー、ある日目をさますと女になっていた――4世紀を駆ける万華鏡ファンタジー。（小谷真理）

バベットの晩餐会　I・ディーネセン　桝田啓介訳
バベットが祝宴に用意した料理とは……。一九八七年アカデミー賞外国語映画賞受賞作の原作と遺作「エーレンガート」を収録。（田中優子）

キャッツ　T・S・エリオット　池田雅之訳
劇団四季の超ロングラン・ミュージカルの原作新訳版。あまのじゃく猫におちゃめ猫、猫の犯罪王に鉄道猫。15の物語とカラーさしえ14枚入り。

ヘミングウェイ短篇集　アーネスト・ヘミングウェイ　西崎憲編訳
ヘミングウェイは弱く寂しい男たち、冷静で寛大な女たちを登場させ「人間であることの孤独」を描く。繊細で切れ味鋭い14の短篇を新訳で贈る。

動物農場　ジョージ・オーウェル　開高健訳
自由と平等を旗印に、いつのまにか全体主義や恐怖政治が社会を覆っていく様を痛烈に描き出す。『一九八四年』と並ぶG・オーウェルの代表作。

トーベ・ヤンソン短篇集　トーベ・ヤンソン　冨原眞弓編訳
ムーミンの作家にとどまらないヤンソンの作品の奥行きと背景を伝える短篇のベスト・セレクション。「愛の物語」「時間の感覚」「雨」など、全20篇。

誠実な詐欺師　トーベ・ヤンソン　冨原眞弓訳
〈兎屋敷〉に住む、ヤンソンを思わせる老女性作家。彼女に対し、風変わりな娘がめぐらす長いたくらみとは？　傑作長編がほとんど新訳で登場。

エレンディラ

G・ガルシア＝マルケス
鼓直／木村榮一訳

大人のための残酷物語として書かれたといわれる中・短篇。「孤独と死」をモチーフに、大著『族長の秋』につらなるマルケスの真価を発揮した作品集。

素粒子

ミシェル・ウエルベック
野崎歓訳

人類の孤独の極北にゆらめく絶望的な愛――二人の異父兄弟の人生をたどり、希薄で怠惰な現代の一面を描き上げた、鬼才ウエルベックの衝撃作。

地図と領土

ミシェル・ウエルベック
野崎歓訳

孤独な天才芸術家ジェドは、世捨て人作家ウエルベックと出会い友情を育むが、作家は何者かに惨殺される――。最高傑作と名高いゴンクール賞受賞作。

きみを夢みて

スティーヴ・エリクソン
越川芳明訳

マジックリアリズム作家の最新作、待望の訳し下ろし！ 作家ザン夫妻はエチオピアの少女を養女にする。「小説内小説」と現実が絡む。推薦文＝小野正嗣

ルビコン・ビーチ

スティーヴ・エリクソン
島田雅彦訳

マジックリアリスト、エリクソンの幻想的描写が次々に繰り広げられるあまりに魅力的な代表作。空間のよじれの向こうに見えるもの。（谷崎由依）

スロー・ラーナー〔新装版〕

トマス・ピンチョン
志村正雄訳

著者自身がまとめた初期短篇集。「謎の巨匠」がみずからの作家生活を回顧する序文を付した話題作。驚異に満ちた世界。（高橋源一郎、宮沢章夫）

競売ナンバー49の叫び

トマス・ピンチョン
志村正雄訳

「謎の巨匠」の暗喩に満ちた迷宮世界。突然、大富豪の遺言管理執行人に指名された主人公エディパの物語。郵便ラッパとは？（巽孝之）

動物農場

ジョージ・オーウェル
開高健訳

自由と平等を旗印に、いつのまにか全体主義や恐怖政治が社会を覆っていく様を痛烈に描き出す。『一九八四年』と並ぶG・オーウェルの代表作。

カポーティ短篇集

T・カポーティ
河野一郎編訳

妻をなくした中年男の一日を、一抹の悲哀をこめ、ややユーモラスに描いた本邦初訳の「楽園の小道」他、選びぬかれた11篇。文庫オリジナル。

パルプ

チャールズ・ブコウスキー
柴田元幸訳

人生に見放され、酒と女に取り憑かれた超ダメ探偵が次々と奇妙な事件に巻き込まれる。伝説的カルト作家の遺作、待望の復刊！（東山彰良）

ありきたりの狂気の物語
チャールズ・ブコウスキー 青野聰 訳
すべてに見放されたサイテーな毎日。その一瞬の狂った輝きを切り取る、伝説的カルト作家の愛と笑いと哀しみに満ちた異色短篇集。（戌井昭人）

ブラウン神父の無心
G・K・チェスタトン 南條竹則／坂本あおい訳
ホームズと並び称される名探偵「ブラウン神父」シリーズを鮮烈な新訳で。「木の葉を隠すなら森のなか」などの警句と逆説に満ちた探偵譚。（高沢治）

生ける屍
ピーター・ディキンスン 神鳥統夫 訳
独裁者の島に派遣された薬理学者フォックス。秘密警察が跳梁し、魔術が信仰される島で陰謀に巻き込まれ……。幻の小説、復刊。（岡和田晃／佐野史郎）

氷
アンナ・カヴァン 山田和子 訳
氷が全世界を覆いつくそうとしていた。私は少女の行方を必死に探し求める。恐ろしくも美しい終末のヴィジョンで読者を魅了した伝説的名作。

奥の部屋
ロバート・エイクマン 今本渉 編訳
不気味な雰囲気、謎めいた象徴、魂の奥処をゆさぶる深い戦慄。幽霊不在の時代における新しい恐怖を描く、怪奇小説の極北エイクマンの傑作集。

郵便局と蛇
A・E・コッパード 西崎憲 編訳
日常の裏側にひそむ神秘と怪奇を淡々とした筆致で描く、孤高の英国作家の詩情あふれる作品集。新訳一篇を追加し、巻末に訳者による評伝を収録。

アンチクリストの誕生
レオ・ペルッツ 垂野創一郎 訳
20世紀前半に幻想的歴史小説を発表し広く人気を博した作家ペルッツの中短篇集。史実を踏まえて花開く奔放なフィクションの力に脱帽。（皆川博子）

あなたは誰？
ヘレン・マクロイ 渕上痩平 訳
匿名の電話の警告を無視してフリーダは婚約者の実家へ向かうが、その夜のパーティで殺人事件が起こる。本格ミステリの巨匠マクロイの初期傑作。

ロルドの恐怖劇場
アンドレ・ド・ロルド 平岡敦 編訳
二十世紀初頭のパリで絶大な人気を博した恐怖演劇グラン・ギニョル座。その座付作家ロルドが血と悪夢で紡ぎあげた二十二篇の悲鳴で終わる物語。

悪党どものお楽しみ
パーシヴァル・ワイルド 巴妙子 訳
足を洗った賭博師がその経験を生かし探偵として大活躍、いかさま師たちの巧妙なトリックを次々と暴く。エラリー・クイーン絶賛の痛快連作。（森英俊）

品切れの際はご容赦ください

ちくま文庫

おまじない

二〇二一年三月十日　第一刷発行
二〇二一年四月十日　第二刷発行

著　者　西加奈子（にし・かなこ）
発行者　喜入冬子
発行所　株式会社　筑摩書房
東京都台東区蔵前二―五―三　〒一一一―八七五五
電話番号　〇三―五六八七―二六〇一（代表）
装幀者　安野光雅
印刷所　中央精版印刷株式会社
製本所　中央精版印刷株式会社

ISBN978-4-480-43737-2 C0193